FOLIO JUNIOR

Ce texte a été précédemment publié aux éditions Nathan
dans la collection Pleine Lune.

Thierry Jonquet

Lapoigne et la fiole mystérieuse

Illustré
par Erwann Surcouf

FOLIO JUNIOR/**GALLIMARD** JEUNESSE

I
La mère Muzard gagne le Bingrolo

En raison d'une dépression située en plein centre de l'Atlantique et de l'anticyclone des Açores qui avait oublié de faire son boulot, comme d'habitude, il pleuvait à verse depuis plus d'une semaine, si bien que Paris avait l'air d'une gigantesque mare. Les caniveaux débordaient et le zouave du pont de l'Alma faisait allégrement trempette, jusqu'à la ceinture.

Pour nous autres les clochards, la pluie, c'est la pire des calamités. Quand vous passez la journée dehors, même si vous dégotez un abri de temps en temps, vous vous retrouvez mouillé comme une vieille chaussette oubliée dans la machine à laver, en moins de temps qu'il ne faut pour le dire. L'humidité vous colle à la peau et vos vêtements semblent parfumés au « Moisi n°4 » de chez Yves

Saint-Égout ! Je poussais mon landau, qui contient mes couvertures, mon Butagaz et mon linge de rechange, bref, tous mes trésors, d'Abribus en porte cochère, de station de métro en entrée de garage, et, chaque fois que je croyais avoir un peu de répit, je me faisais chasser, tantôt par un gardien coléreux, tantôt par un vigile de la RATP, ou simplement par des quidams égoïstes…

Dans ces moments-là, la vie de clochard vous semble maussade et on se sentirait presque une envie de se remettre à travailler ! Vous me direz, dans mon cas, ce serait un peu difficile : si j'allais trouver le proviseur du lycée où, autrefois, j'enseignais le latin à de sales garnements, ce n'est pas sûr qu'il me réembaucherait…

Bref, le printemps débutait très mal, peut-être à cause du dicton « En avril ne te découvre pas d'un fil » ? Mon Totor s'était enrhumé et éternuait à qui mieux mieux, bien calfeutré au fond de la poche de mon pardessus, et je vous garantis qu'un éternuement de putois, ça n'est pas de la rigolade ! Ça commence par de petits couinements que suit une sorte de danse de Saint-Guy annonciatrice de catastrophe et enfin, c'est l'explosion, le tonnerre, l'apothéose. Scrrrachtoum ! Les passants me dévisageaient d'un drôle d'air en voyant mon pardessus agité de soubresauts mais, avant qu'ils n'aient le temps de réagir, ils étaient cuits :

mon Totor pointait le bout de son museau hors de ma poche et aspergeait de postillons tout ce qui passait à sa portée ! Je n'avais plus qu'à déguerpir en poussant mon landau. Le rhume de Totor m'inquiétait : c'est que c'est fragile ces petites bêtes-là ! Totor et moi, nous vivons ensemble depuis plus de dix ans ! Je l'ai sauvé des griffes d'un chien sauvage, un jour de vadrouille dans la forêt de Fontainebleau. Certains soirs, si j'ai un peu de vague à l'âme, il vient se lover contre moi et me couvre les joues de petits coups de sa langue râpeuse, pour bien me faire comprendre que, tout clochard que je sois, je suis le plus chouette des amis des putois, et il n'y en a pas beaucoup... Évidemment, me direz-vous, ces éternuements à répétition, c'est le moindre des désagréments que ce coquin de Totor est capable de produire. En tant que putois qui se respecte, Totor pète à tout va dès qu'il se sent en danger, mais parfois même tout simplement pour montrer qu'il est content ! On ne peut pas lui en vouloir, c'est son instinct qui le lui commande. Tout ça pour vous dire que ce n'est certainement pas parce que mon petit compagnon se laisse aller de temps à autre à empuantir l'atmosphère que je vais me séparer de lui, ah ça mais ! Quand je vois des mémères à chienchien dépenser des fortunes pour parfumer leur fox-terrier ou leur chihuahua, je m'en veux un peu : mon Totor, il vit à la dure, comme moi, et ce n'est pas demain le veille que je pourrai lui payer un brushing, c'est sûr. Mais il partage ma vie ; quand j'ai glané quelques sous pour m'offrir un petit gueuleton, il profite des restes, et ça lui suffit bien.

Bref, tous les deux, à la fin du mois d'avril, on n'en menait pas large. On n'avait plus un poil de sec, ni l'un ni l'autre. Je traînais du côté du boulevard de Belleville, où j'avais passé miraculeusement la nuit à l'abri sous la bâche d'un manège, quand soudain je croisai M. Soussou, un client de mon ami Mustapha, qui tient une baraque de saucisses-frites très réputée, place de la République. Les frites de Mustapha sont recherchées dans tout Paris tant elles sont huileuses et bien molles sous la dent.

– Le vénéwable Mustapha souhaitewait que tu visites sa boutique de toute uwgence, notwe Lapoigne ! m'annonça M. Soussou. Il nous pwépawe une suwpwise !

M. Soussou gagne beaucoup à être connu. Il exerce la profession de mage et guérit de nombreuses maladies, telles que la fatigue des pieds, le vent dans la tête ou la paresse dans les mains. Très grand, totalement chauve, vêtu d'une grande djellaba rouge, il est célèbre à Belleville. Originaire du Benkele-Missao, une contrée d'Afrique coincée entre la Grazanie du Nord et le Borgola-Sud, il rend de nombreux services à ses compatriotes. Il me voue une grande reconnaissance depuis que je lui ai fourni une petite touffe de poils de putois, que j'ai délicatement découpée dans le pelage de Totor. Le poil de putois est en effet indispensable, selon M. Soussou, à la préparation du *maki-kouroufé*, une potion magique destinée à soigner le mal du pays, une affection hélas bien courante, mais qui frappait un de ses oncles avec une rare sévérité. Le pauvre homme, nettoyeur de couloirs de métro de profession, passait son temps à pleurer en rêvant des eaux bleues du N'tulu N'tulu, la vaste mer intérieure qui borde la frontière du royaume du Borgola, et qu'il n'avait pas revue depuis des années. Fou de nostalgie, il ouvrait grand les robinets sur toutes les stations de métro où on l'envoyait passer le balai, et contemplait les lacs miniatures que le jet ne manquait pas de créer, jusqu'à ce que l'eau, atteignant la bordure du quai, se déverse sur les rails, imitant ainsi les grandioses cascades de la rivière M'bumba. Inutile de vous préciser que les responsables de la RATP n'étaient pas tout à fait d'accord !

M. Soussou est très jaloux de ses secrets, et je ne sais rien de plus concernant la préparation du *maki-kouroufé*, si ce n'est précisément que, sans quelques poils de putois, tout est foutu ! Bref,

M. Soussou désespérait d'en trouver à Paris, où les putois sont plutôt rares, mais heureusement, Claude Lapoigne, Claudius Lapoignus pour les intimes, en tenait à sa disposition ! Et l'oncle fut guéri de son mal du pays ! Quand on peut rendre service, y a pas de mal à faire du bien, c'est ma devise.

Ce jour-là, il n'était cependant pas question du N'tulu N'tulu, mais de la « suwpwise » que nous mijotait l'ami Mustapha.

– Je m'y wendais moi-même ! poursuivit M. Soussou, et je sewais twès honowé de faiwe le chemin en ta compagnie !

Précédé de M. Soussou, je poussai donc mon landau dans la rue du Faubourg-du-Temple qui descend tout droit de Belleville à la place de la République. Quand j'arrivai devant la baraque à frites de Mustapha, je fus surpris par les clameurs qui s'en échappaient. Quelques copains de la cloche étaient présents, tels que Nénesse et Dudule, et des clients habituels de Mustapha, en grand nombre, confortablement attablés sous la tente qui borde la baraque. Je compris pourquoi ils étaient tous aussi joyeux : Mustapha y avait installé une télévision ! Bien calée sur une caisse en bois, elle était vraiment magnifique et joliment décorée d'autocollants publicitaires de la moutarde Kipic et de l'huile Sacoule. Le coffre de l'appareil avait subi quelques chocs et Mustapha l'avait réparé avec du sparadrap avant de lui donner un coup de peinture rouge, si bien qu'il paraissait neuf.

Une télé chez Mustapha ! C'était une vraie révolution ! Ainsi ses clients pourraient-ils se distraire en savourant leur repas… Le poste était entouré d'un large bolduc rose, et Mustapha, sous les applaudissements de la foule, s'en approcha avec une grande paire de ciseaux.

– Aujourd'hui, c'i un grand jour, et ji suis fier di célébrer li mariage di l'audiovisuel et di la frite ! déclara-t-il, très ému, avant de couper le bolduc.

– En véwité, wien ne peut awéter le pwogwès ! ajouta M. Soussou. La fwite, c'est la nouwituwe du ventwe, mais la télé, c'est la nouwituwe de l'espwit !

Les présents applaudirent, après quoi Mustapha enclencha la touche de mise en marche. Il y eut une gerbe d'étincelles, des parasites, un feu d'artifice sur l'écran et, enfin, l'image apparut, en noir et blanc.

– Ci pas très moderne, s'excusa Mustapha, mais ci plus solide que li neufs !

Il distribua alors aux convives des lunettes en carton équipées de feuillets de plastique rouges et bleus à la place des verres. Dès que vous aviez ça sur les yeux, vous voyiez tout en couleurs, comme avec une télé neuve, et même le relief ! Les assiettes de frites arrivèrent sur les tables et, en tant qu'ami personnel du patron, j'eus droit à une ration spéciale que je m'empressai d'assaisonner à ma façon, avec la bouteille de jus de piment qui ne quitte jamais mon landau. Totor abandonna la poche de mon pardessus et s'installa sur mes genoux pour prendre part au festin. C'était la fin du journal télévisé et le présentateur parla de la mystérieuse affaire Sanders, le grand savant qui avait disparu depuis plus de deux mois et qu'on n'avait pas retrouvé. Puis il y eut quelques pubs et ce fut l'heure du Bingrolo, le jeu à la mode où les concurrents doivent répondre à des questions pour gagner des tas de cadeaux.

Je mâchonnais ma dernière frite quand le présentateur s'avança vers la candidate du jour. Je ne l'ai pas reconnue tout de suite. Il faut dire qu'elle s'était faite drôlement belle. Elle portait un chapeau de paille agrémenté de petits oiseaux et d'une voilette qui lui couvrait la moitié du visage. Mais cette verrue, plantée sur le menton et piquetée de gros poils noirs, il n'y avait pas deux personnes pour avoir la même… je refusais pourtant d'y croire. *Elle* ? A la télé ? Je rêvais, sans doute ? Non ! La voix était inimitable ! Une vieille casserole trouée dévalant la pente d'une décharge publique, et percutant en chemin tout un assortiment de ressorts de matelas distendus, de pots de chambre ébréchés et de radiateurs en fonte ramollis par l'humidité, n'aurait pas produit un son plus mélodieux !

– Heureuse d'être parmi nous ? demanda le présentateur.

– Non, non, j'avais pris rendez-vous ! rétorqua la candidate, courroucée. C'est commencé, là ? On me voit bien ?

– Aujourd'hui, chers téléspectateurs, nous accueillons une invitée de marque, Mme Clothilde-Berthe, duchesse de Muzard-Salsempouille !

– Mais non, je n'ai pas la trouille ! rétorqua la candidate, ulcérée.

On entendit alors un sifflement strident, et Mustapha, inquiet, crut que sa télé était tombée en panne. La candidate se mit à farfouiller dans son chapeau, qui tomba à terre, entraînant dans sa chute une perruque que je connaissais fort bien. Cette fois, il n'y avait plus de doute : ce visage sur l'écran, c'était celui de la mère Muzard, ma vieille copine, concierge de l'immeuble du 8 de la rue Cuvier, près du Jardin des Plantes ! Confuse d'avoir laissé tomber son chapeau et sa perruque, elle farfouilla dans son cabas et couvrit son crâne chauve du torchon dont elle se sert dans sa loge pour chasser les mouches, les jours de

grande chaleur. Le présentateur se baissa ramassa le chapeau. Dans le public de l'émissi c'était déjà la franche rigolade et, parmi les clients de Mustapha, on se tordait de rire en se battant les côtes. Tout le monde se souvenait très bien du jour où on avait fêté l'anniversaire de la mère Muzard ici même, au beau milieu de la place de la République. Elle avait un peu forcé sur le vin blanc, comme à son habitude, et du coup elle nous avait interprété tout son répertoire, de vieilles chansons de sa jeunesse, Fréhel et Damia, mais aussi quelques hard-rock pas piqués des hannetons. En moins d'une heure, il y avait plus de trois cents personnes autour de chez Mustapha, à taper des mains en cadence pour accompagner la mère Muzard ! Quel swing !

Le présentateur avait ramassé le chapeau mais s'emberlificotait dans un fil électrique rouge qui pendait de la perruque pour aller se perdre dans le cabas de la mère Muzard ! Et on entendait toujours ce sifflement, insupportable, qui faisait penser aux roues d'une locomotive à vapeur ripant sur un aiguillage… Je compris alors ce qui se passait : c'était l'appareil acoustique de ma copine qui s'était déréglé ! Il faut dire qu'elle l'a acheté en 1938 et qu'il a subi bien des réparations. Il se compose d'une fiche qu'elle glisse dans son oreille et d'une batterie de Cadillac qu'elle dissimule dans son cabas. En temps ordinaire, elle ne le porte presque jamais. Il suffit de hurler à son oreille pour se faire entendre. Mais, pour passer au Bingrolo, elle avait dû penser qu'il était plus prudent de s'en munir. Dans le studio de la télé, c'était la panique. Le présentateur ne comprenait rien à ce qui arrivait. La mère Muzard lui avait arraché le chapeau et la perruque, tentait de se recoiffer d'une main, tandis que de l'autre elle cognait contre la batterie ! Le sifflement cessa tout à coup. La mère Muzard poussa un soupir de soulagement, ce qui manqua de faire basculer son dentier. Tout était rentré dans l'ordre. Dans la panique, elle s'était recoiffée de travers et la perruque pendait du côté gauche, mais le résultat était plus qu'honorable.

– Eh bien, passons à la première question pour notre sympathique candidate ! s'écria l'animateur, à demi rassuré. M'entendez-vous ?

– Cinq sur cinq ! affirma la mère Muzard.

– Où Napoléon a-t-il été envoyé en exil ? Je précise qu'il s'agit d'une île !

– En Égypte ! cria la mère Muzard, en agrippant le micro que l'animateur lui tendait.

– Non… pas tout à fait ! Concentrez-vous bien !

– Le Nil n'est pas en Égypte ? demanda la mère Muzard en fronçant méchamment les sourcils. A qui voulez-vous faire croire ça ? Ce jeu est truqué !

Elle ne lâchait toujours pas le micro.

– Si, le Nil est en Égypte, mais ce n'était pas la question, protesta l'animateur.

– Vous avez bien dit « il s'agit du Nil », et le Nil est en Égypte !

– Mais je vous parlais de Napoléon…, plaida le présentateur, en tentant de récupérer le micro.

Peine perdue, les vieilles mains déformées par l'arthrite de la mère Muzard s'y étaient accrochées, aussi solidement que les serres d'un aigle royal sur une motte de saindoux !

– Napoléon est bien allé en Égypte, où se trouve le Nil ! rétorqua-t-elle. J'ai gagné, j'ai gagné le Bingrolo !

– Ça, c'est vwai ! approuva M. Soussou qui était venu s'asseoir à côté de moi. Le Nil se twouve assuwément en Égypte ! Ton amie est twès cultivée !

Le malheureux présentateur ne savait plus que faire. La mère Muzard sautillait sur sa chaise et tapait des deux poings sur son pupitre en continuant de crier : « J'ai gagné le Bingrolo, j'ai gagné le Bingrolo ! »

– Eh bien oui ! trancha l'animateur, à bout de souffle, et nous allons passer à la candidate suivante, en remerciant Mme Muzard d'avoir si sportivement joué avec nous !

– Où qu'il est, le Bingrolo ? demanda-t-elle en tournant la tête de tous les côtés.

Un grand rideau rouge s'écarta alors.

– Le Bingrolo, le voiciiiii ! hurla le présentateur, en montrant un magnifique bateau pneumatique, un Zodiac flambant neuf, équipé d'un moteur de 40 CV.

Elle n'était pas fauchée, avec un lot pareil ! La mère Muzard s'approcha de l'objet. Elle chaussa ses grosses lunettes pour mieux l'observer.

– Ce cadeau vous fait-il plaisir ? s'enquit l'animateur, le visage crispé dans un sourire étincelant.

La lumière des sunlights se réfléchissait sur ses dents immaculées, faisant ainsi naître de délicats reflets scintillants. Du coup, je songeai au chicot de ma deuxième molaire, à gauche, qui me faisait souffrir depuis le début de l'hiver, en dépit des décoctions de fleurs de chrysanthème que j'ingurgitais quotidiennement sur les conseils avisés de M. Soussou. Un jour, il faudrait le faire arracher. Pas M. Soussou, hein, le chicot, si vous suivez bien.

– Il ne rentrera jamais dans ma loge… constata ma copine, circonspecte, plantée devant le Zodiac, apparemment aussi surprise qu'une poule découvrant une console Nintendo.

Pour tout vous dire, ça, je l'avais vu du premier coup d'œil. Si vous passez un jour par la rue Cuvier, sonnez donc à la porte de la loge de la mère Muzard et vous comprendrez tout de suite le problème. Il y a eu du chambardement depuis la dernière fois, mais ça ne s'est pas vraiment arrangé. Entre son poêle à mazout et son buffet Louis XXV qu'elle a acheté en solde chez Darty, on a tout juste la place de circuler, en rentrant le ventre pour contourner l'estrade où se dresse le trône qu'elle a hérité de son ancêtre le duc Abélard de Muzard-Salsempouille, et que je l'ai aidée à remonter de sa cave le mois dernier... C'est un véritable monument, ce fauteuil. Jadis, il se dressait dans la grande salle de réception du château des Muzard, à Salsempouille, dans l'Indre-et-Garonne. La mère Muzard descend d'une lignée célèbre, mais les derniers rejetons de la famille ont perdu ce qu'il restait de leur fortune au casino, si bien qu'elle a abouti dans cette loge de concierge, rue Cuvier. La mère Muzard est sans doute la seule duchesse à exercer cette profession.

Orné d'une couronne qui surmonte le dossier, pourvu d'accoudoirs larges comme des enclumes, tapissé de velours or, le trône des Muzard est bien plus beau que ceux qu'on peut voir dans les musées. Évidemment, la mère Muzard n'aurait peut-être pas dû le décorer avec des décalcomanies de dinosaures, mais que voulez-vous, elle fait la collection, et on ne peut pas la priver de ce plaisir...

Bref, la mère Muzard tâtait du bout des doigts les boudins du Zodiac, caressait l'hélice, vérifiait la solidité du plancher.

– Il ne rentrera pas dans ma loge... répéta-t-elle, entêtée.

– Tout est prévu, chère madâame, nos services le livreront là où vous l'ordonnerez ! Au Bingrolo, le candidat est roi ! assura le présentateur.

Le rideau rouge retomba, dissimulant la mère Muzard et son Bingrolo aux yeux des téléspectateurs.

– C'est un cadeau twès utile ! nota M. Soussou, en hochant la tête.

J'étais bien d'accord. Mustapha apportait du café et, tandis que les autres convives regardaient la fin du jeu, j'imaginais déjà les ennuis qui allaient suivre si d'aventure ma copine se mettait en tête d'utiliser son Zodiac ! Je ne suis pas d'un naturel pessimiste, mais depuis que je fréquente la loge de la rue Cuvier, j'ai appris à me méfier de tout ce qui peut paraître anodin de prime abord, mais qui, une fois remis entre les mains de la mère Muzard, se transforme sans coup férir en machine à débiter les catastrophes !

2
En croisière

Durant quelques jours, j'évitais de passer par la rue Cuvier. On aurait dit que je pressentais les ennuis qui n'allaient pas tarder à me tomber sur le râble, mais que voulez-vous, le destin est le destin. La pluie cessa. Le mois de mai arrivait. Depuis trente ans que je connais la mère Muzard, je lui offre toujours un petit brin de muguet au 1er Mai, et j'étais sûr que, si je manquais au rendez-vous, elle aurait du chagrin.

Comme vous le savez, je gagne ma vie en exerçant la profession d'écrivain public, c'est-à-dire que je rédige du courrier pour certains clients de Mustapha. La plupart du temps, il s'agit de protester contre les abus de l'administration qui n'hésite pas à arnaquer les bronzés venus des pays pauvres et qui ne manient pas bien le français.

Même M. Soussou, qui est un fin lettré et parle couramment le peuhl, le bambara, le m'bouri et bien d'autres dialectes africains, s'y perd un peu dès qu'il s'agit de faire une réclamation aux impôts…

J'avais eu pas mal de boulot ces derniers temps, mais c'est Mustapha lui-même qui sollicita mon aide, un après-midi que je traînais dans sa baraque à frites. Il était très gêné, et attendit que tous les clients soient partis pour m'avouer son problème : il était amoureux ! Et il voulait faire sa déclaration à la belle de ses rêves, par écrit s'il vous plaît, pour bien lui montrer que c'était du sérieux ! Installés tous les deux devant un bloc de papier Prisunic de luxe, nous avons évoqué les charmes d'Aïcha, puisque c'est ainsi que se nommait celle sur qui Mustapha avait jeté son dévolu !

– Ti peux pas savoir, Claudius, comme elle a di beaux yeux, i un beau cou, i un beau menton, i di jambes, Claudius, jolies, ille i ravissante ! me dit-il en rougissant jusqu'aux oreilles.

Oh ! là, là ! ça, c'était du travail pour Lapoigne, du sur- mesure cousu main, vous pensez bien ! Je n'avais qu'à fouiller dans ma mémoire pour me rappeler les poèmes que je faisais étudier à mes garnements, quand j'étais prof au lycée ! Je lui ai tartiné une poésie, comme Aïcha n'en recevra jamais plus, sans doute. « *Voici mon cœur, il ne bat que pour vous, et vos yeux sont si profonds qu'en me penchant pour boire, j'ai vu tous les soleils y venir se mirer, et un baiser, à tout prendre, qu'est-ce, un point sur l'i du verbe aimer* », etc., bref, c'était du Lapoigne des grands jours ! En plus, je m'appliquais pour bien écrire, avec des pleins et des déliés, des jolies lettres bien rondes et, bien sûr, pas une seule faute d'orthographe ! Mustapha agrémenta ma lettre de petits cœurs qu'il dessina lui-même, et d'un ravissant angelot pourvu d'un arc et de flèches, un cupidon, ainsi que je le lui suggérai !

– Claudius, t'i un chef ! conclut-il en me serrant dans ses bras.

Il me tendit un billet de deux cents francs, que je voulus tout d'abord refuser, mais il se serait vexé. J'empochai mon salaire, heureux. Si Mustapha pouvait conquérir son Aïcha un tout petit peu grâce à moi, alors la vie était belle. De la place de la République, je poussai donc mon landau en direction de la Seine, pour la traverser et me rendre chez la mère Muzard.

En chemin, je pensais à l'amour, à ma femme, qui a quitté ce monde il y a déjà belle lurette. Je vous l'ai peut-être déjà dit, mais c'est après sa mort que je me suis mis à ne plus avoir de goût à rien et que j'ai décidé de devenir clochard. En chemin, j'achetai un gros pot de muguet.

Je m'étais à peine engagé sur le pont Marie, pour rejoindre la Halle-aux-vins, quand je vis ma route barrée par tout un cordon de gardes mobiles qui repoussaient les passants, le mousqueton à la main. Quand vous êtes de la cloche depuis aussi longtemps que votre serviteur Claudius, croyez-moi, tout ce qui porte képi, vous évitez autant que faire se peut ! Je rebroussai donc chemin dare-dare, bien décidé à faire un long détour pour fuir la flicaille, mais chassez le naturel, il revient au galop ! Je suis curieux de nature et, après m'être assuré que je ne risquais rien, je revins sur mes pas pour me renseigner sur les raisons de ce chambard ! Bébert, un vieux collègue de la cloche qui a ses habitudes sur les rives de la Seine, et que je rencontrai non loin de là, me mit au courant.

– C'est rapport à l'affaire Sanders ! m'expliqua-t-il en mâchonnant sa chique.

– L'affaire Sanders ? demandai-je, troublé.

Je ne voyais absolument pas à quoi il faisait allusion. Bébert est un clodo de la vieille école, tout comme moi. C'est-à-dire qu'il ne vagabonde pas les mains dans les poches, mais réglementairement équipé de la carriole qui vous signale le vrai clochard, du premier coup d'œil. Moi, comme vous le savez, j'ai opté pour le landau, modèle bambin, avec capote amovible, quatre roues motrices, frein à disque, la turbo du landau, en quelque sorte, la valeur sûre. Bébert, son truc, c'est le Caddie de supermarché, un engin pas très esthétique mais qui a fait ses preuves, tout terrain, confortable, facile à piloter, aisément réparable en cas d'avarie, robuste, fiable. Le Caddie de Bébert est célèbre dans toute la profession. Lors du dernier Salon du Vagabond, aux Puces de Montreuil, il a remporté le premier prix grâce à son Caddie. Les amortisseurs ont souffert, tant Bébert s'est coltiné des chargements de ferraille et de pinard depuis qu'il est dans le métier, mais jamais, au grand jamais, il ne voudrait s'en séparer. On en a souvent discuté tous les deux. Bref, j'en étais à vous parler de l'affaire Sanders, et je ne voudrais pas vous ennuyer avec des histoires de Caddie et de landau, c'est des discussions de spécialistes, tout ça !

Je me souvenais bien d'avoir entendu parler du savant Sanders, qui avait disparu depuis plusieurs mois, mais, hormis le fait qu'il avait obtenu le prix Nobel de botanique, je n'en savais pas plus.

– Il habitait là ! m'expliqua Bébert en me montrant un immeuble qui se dressait tout près du quai. Et sa bonne femme a tenu une conférence de presse tout à l'heure, pour expliquer que depuis sa disparition l'enquête n'a pas avancé d'un poil et que, si les flicards se tournaient les pouces, ça l'étonnerait pas ! Sanders ? Bernique, macache et tout l'toutim ! Pas contente, la rombière ! Comme je te l'dis, mon vieux Claudius !

Bébert se tordit les lèvres pour cracher le jus de sa chique avant de plonger la main dans son Caddie. Il en sortit une liasse de journaux jaunis et couverts de chiures de pigeons.

– Si le cœur t'en dit, j'ai le dossier ! proposa-t-il.

Il faut vous dire que Bébert, avant de tomber dans la cloche, était un journaliste célèbre dont je tairai le nom, puisqu'il m'a interdit de le révéler. Déformation professionnelle oblige, il ne se désintéressait pas de l'actualité. Je ne jetai qu'un coup d'œil furtif sur les journaux qu'il me montrait. Le terrain était à présent dégagé, les gardes mobiles ayant évacué le pont Marie. J'oubliai aussitôt l'affaire Sanders, préoccupé par ce que j'allais dire à la mère Muzard. Il y avait plus d'une semaine que je n'étais venu la voir, et elle n'apprécie guère ce genre d'infidélité. Que voulez-vous, j'ai toujours plu aux femmes, et, plus jaloux que la mère Muzard, tu meurs, comme on dit aujourd'hui !

J'entendais déjà sa voix de crécelle mal huilée me seriner des remontrances…

– Ah ouiche, ce Claudius, toujours à courir par monts et par vaux, mais pour ce qui est de me rendre visite, merci bien !

J'espérais que mon splendide pot de muguet viendrait à bout de ses ronchonnements. Sans compter que son passage au Bingrolo devait lui être monté à la tête, pardi ! C'est une sacrée cabotine, ma copine, vous pouvez m'en croire ! A peine avais-je engagé mon landau le long de la rue Cuvier que j'aperçus sa silhouette tordue qui se prélassait dans une chaise longue, sur le trottoir, au soleil. Elle avait retroussé sa jupe jusqu'à mi-cuisses, pour bronzer, et proposait ainsi aux rares passants le spectacle étonnant de ses jambes couvertes de varices. Les varices de la mère Muzard mériteraient le prix Nobel de la varice, s'il en existait un. Après tout, si ce Sanders et bien d'autres ont été récompensés chacun dans leur spécialité, pourquoi pas la mère Muzard, je vous demande un peu ? Ses varices, c'est bien pire que tout ce que vous pouvez supposer ! Je renonce à vous décrire le tableau, non pas que je sois à court d'inspiration, mais bien par égard envers ma copine… Allez, je vous aide quand même un peu ! Imaginez une forêt touffue, aux arbres archicentenaires, dont les racines chenues labourent l'humus tapissé de feuilles mortes, s'enchevêtrent les unes aux autres, se disputent la moindre parcelle de terre, et voient prospérer sur leur écorce vermoulue des myriades de champignons multicolores, aux formes tentaculaires, et où s'ébattent quantité d'insectes, lucanes, termites, blattes et punaises, lesquels creusent chacun leur galerie, chacun leur cachette, qui fouissant de ses pattes, qui perçant de son rostre… ah ! c'en est assez, j'en ai déjà trop dit, brrr !… Et le pire, c'est qu'elle tient debout, la mère Muzard, même par tempête de force 6 ! C'est du solide, ça, madame !

Je m'approchai d'elle, mais elle avait fermé les yeux et ronflait puissamment, gonflant les joues à un rythme régulier avant de souffler, ce qui déstabilisait dangereusement son dentier qui menaçait à chaque instant de se faire la valise. Je toussotai pour attirer son attention. Elle sursauta.

– Claudius, vous n'êtes pas raisonnable ! dit-elle dès qu'elle m'aperçut, mon pot de muguet à la main.

Elle avait rougi et triturait son tablier en lorgnant vers moi, au travers de ses grosses lunettes à double foyer. Elle s'arracha de sa chaise longue et déposa un baiser furtif sur ma joue.

– Je vous attendais, dit-elle en minaudant comme une jeune fille. Je vous ai même préparé une petite douceur…

En effet, une curieuse odeur s'échappait de la fenêtre entrouverte de sa loge. Une odeur que j'aurais reconnue parmi cent autres ! Celle des escargots à la sauce Muzard, une pure merveille que je ne saurais trop vous conseiller de goûter !

Tout d'abord, il faut les faire rissoler dans une purée d'oignons avant de les flamber au Ricard, et de les servir très chauds, accompagnés d'un coulis de framboises légèrement rehaussé d'une pointe de jus de persil. Avec un bon coup de vin blanc sec, je ne connais rien de meilleur !

Durant tout le repas, la mère Muzard garda le silence, et me servit comme un roi. Je repris quatre fois de ses escargots, et j'eus encore le temps de saucer le fond du plat en refilant en douce des petits morceaux de pain gorgés de jus à mon Totor, avant qu'elle n'aborde le sujet qui me préoccupait. Ce ne fut qu'en me servant le dessert, une délicieuse meringue au camembert nappée de caramel, qu'elle s'y risqua. Elle me raconta son passage au Bingrolo, et je fis semblant de n'être au courant de rien.

– Écoutez, Clothilde, lui dis-je enfin, ce Zodiac que vous avez gagné, vous feriez mieux de le revendre tout de suite, vous savez bien que ça ne vous réussit pas, ce genre de choses… vous voyez de quoi je veux parler ?

Comment oublier, en effet ? Il y a une dizaine d'années de ça, elle et moi, on était allés faire un petit tour sur les bateaux-mouches, histoire de se changer les idées. Ce jour-là, la mère Muzard portait une robe jaune à fleurs et une « ravissante étole » qu'elle s'était elle-même fabriquée en récupérant des chutes de tissu dans les poubelles de l'immeuble de la rue Cuvier. Une belle pièce, l'« étole », vous pouvez me croire ! Trois bons mètres carrés de toile de serpillière et de bandes Velpeau solidement cousues entre elles par du fil de nylon… Il faisait chaud et la mère Muzard l'avait posée à côté d'elle. Catastrophe ! Un coup de vent soudain emporta l'étole vers l'arrière du bateau et elle se plaqua sur le visage du pilote ! Aveuglé, le pauvre gars ne parvenait plus à maîtriser la barre et, manque de chance, une péniche arrivait en sens inverse, si bien qu'on l'a emboutie par bâbord ! Il faudrait un livre entier pour vous raconter comment on a réussi à filer en douce, elle et moi, avec les gens de la Compagnie des bateaux-mouches qui nous couraient après ! Tout ça pour vous dire que les aventures maritimes ne sont pas recommandées à la duchesse !

– Claudius, vous imaginez toujours des complications alors que tout est très simple, maugréa-t-elle, vexée que je lui rappelle ce fâcheux incident.

Elle boudait, c'était fatal. Je gardais le silence en me roulant une cigarette, tandis qu'elle allumait sa pipe. Soudain, elle se leva et disparut dans sa chambre. Par la porte entrouverte, je la vis grimper sur son lit et décrocher un tableau garni de toiles d'araignée, qui pendait de travers sur un des murs. Elle souffla dessus, faisant naître un épais nuage de poussière ; Totor toussa à perdre haleine.

– Vous savez qui c'est ? me demanda-t-elle en me montrant le personnage qui se trouvait au premier plan.

Juché sur la dunette d'un galion, coiffé d'un large chapeau, sanglé dans un pourpoint déchiré, portant une rapière et arborant un moignon de bras muni d'un crochet, entouré de lascars à la mine aussi inquiétante, le bonhomme grimaçait d'un air terrible.

– L'amiral Gontran-Frédéric de Muzard ! reprit ma copine. Un ami personnel de Surcouf, corsaire du Roi, et que tous les capitaines de navires britanniques redoutaient comme la peste ! Il a écumé tous les océans, fait quinze fois naufrage, perdu une main en donnant la fessée à un requin ! Et c'est mon aïeul ! Dans la famille, nous avons la navigation dans le sang !

Aïe, aïe, aïe ! chaque fois qu'elle vous raconte la saga de ses ancêtres, il n'y a plus moyen de la raisonner, la duchesse Clothilde-Berthe de Muzard-Salsempouille !

Emportée par la colère, elle ouvrait grand la bouche, et son dentier tomba par terre. Il roula sous le buffet et elle eut bien du mal à le récupérer. Il était couvert de moutons et de déchets

divers ; la mère Muzard l'essuya d'un revers de manche et se le carra dans le bec en me tournant le dos. Je fis semblant de n'avoir rien remarqué, par délicatesse. Avec les dames, il faut avoir de l'éducation !

– Mon bateau est ancré au port de la Bastille et je vais l'inaugurer cet après-midi même ! s'exclama-t-elle en pointant sur moi son index tordu par les rhumatismes. J'espérais que vous viendriez avec moi, mais puisque vous avez la trouille, je me passerai de vous, foi de Salsempouille !

J'étais coincé. Malgré mes réticences, je ne pouvais pas la laisser embarquer seule, foi de Lapoigne ! Si je ne veillais pas sur elle, elle était bien capable de déclencher une catastrophe pire que celle du *Titanic* ! Elle était repartie dans sa chambre et, cette fois, elle disparut sous son lit pour y farfouiller dans un bric-à-brac dont personne n'a jamais fait l'inventaire mais qui se compose de reliques familiales... Elle réapparut bientôt, brandissant un sextant, une longue-vue, une corne de brume et de vieux parchemins que je ne tardai pas à identifier : il s'agissait de cartes marines ayant appartenu au fameux ancêtre, l'amiral Gontran-Frédéric ! Elle chaussa aussi sec de vieilles bottes de caoutchouc farcies de rustines, enfila un caban et gonfla ses maigres poumons pour souffler dans sa corne de brume ! Je me bouchai les oreilles, en vain. Les fondations de l'immeuble du 8 de la rue Cuvier tremblèrent sur leur base. Mon Totor, épouvanté, lâcha un pet de derrière les fagots, mais la mère Muzard ne s'en rendit même pas compte. Je crois vous avoir déjà dit qu'elle s'est fracturé le nez durant sa jeunesse et qu'elle est rigoureusement incapable de percevoir la moindre odeur…

Les dés étaient jetés. Son sextant sous le bras, sa corne de brume en bandoulière, la mère Muzard descendait la rue Cuvier à grandes enjambées et j'eus tout juste le temps de garer mon landau dans le couloir de sa loge avant de lui emboîter le pas. En chemin, nous croisâmes quelques curieux qui s'étonnèrent de son accoutrement, mais la mère Muzard ne leur prêta même pas attention.

Moins d'un quart d'heure plus tard, nous arrivions au port de l'Arsenal. La mère Muzard n'avait pas menti. Son Zodiac était amarré entre deux cabin-cruisers et, ma foi, il avait une certaine allure. Les gens du Bingrolo avaient eu l'obligeance de l'installer à cet endroit et avaient même rempli le réservoir d'essence. Tout était en règle, le bateau était immatriculé Muzard 007, ainsi que le proclamaient les bandes fluorescentes scotchées sur les boudins, le long des flancs. Un employé de la capitainerie lui remit les clefs.

– Matelot Claudius, larguez les amarres ! hurla ma copine, juchée à l'avant du canot, sa longue-vue braquée sur le tunnel du canal de l'Ourcq, qui s'enfonce sous la place de la Bastille pour déboucher bien plus loin, après la République.

Je n'avais d'autre solution qu'obéir. En moins d'une minute, j'avais dénoué le bout qui nous reliait au quai et mis le moteur en marche.

– En avant, toute ! Et gare à tribord, navire en vue ! beugla la mère Muzard, avant de souffler dans sa corne.

Elle avait raison, une vedette de touristes s'avançait vers nous. Il s'agissait d'un de ces bateaux qui remontent le canal jusqu'à Meaux, en passant par le bassin de la Villette. Les quelques Japonais qui s'y trouvaient nous photographièrent sous tous les angles, ravis du spectacle si typique que nous leur offrions. Le voyage commença.

Il faisait beau, et les pêcheurs assis sur leur pliant, le long des berges du canal, se gondolaient carrément en nous voyant passer. Je tenais la barre d'une main ferme, soucieux d'éviter toute collision, mais, peu à peu, je parvins à me détendre. L'estomac un peu alourdi par les escargots à la sauce Muzard, je rotai discrètement, engourdi par la digestion ; il fallait garder l'œil et le bon, aussi luttais-je contre le sommeil qui guettait. Totor s'était installé sur mes genoux et humait le vent avec délices. Après tout, ce n'était pas si désagréable, cette petite croisière. Nous passâmes sans encombre l'écluse de la Grange-aux-Belles, puis celle de Jaurès et, enfin, nous voguâmes vers la Villette. La mère Muzard, les yeux rivés sur son sextant, scrutait le ciel bleu.

– Je fais le point, Claudius, cria-t-elle, continuez, souquez ferme !

– Mais c'est la nuit, à la lueur des étoiles, qu'on fait le point, mère Muzard ! En plein jour, ça ne sert à rien !

– Sur un navire, il faut de la discipline ! hurla-t-elle. Un mot de plus, et je vous colle à la cale humide ! Silence, matelot ! Coorrne de bouc !

Elle s'amusait comme une gamine, et je renonçai à l'en dissuader. Après tout, elle avait bien droit à un peu de détente. Claquemurée au fond de sa loge, d'un bout de l'année à l'autre, ce n'est pas tous les jours qu'elle a l'occasion de se distraire. En croisant le parc de la Villette, nous eûmes notre petit succès d'estime. Les gens qui se prélassaient sur les pelouses, autour de la Grande Halle, s'agglutinèrent le long du quai pour voir passer notre curieux équipage. La mère Muzard les salua d'un nouveau coup de sa corne de brume et déclencha ainsi une salve d'applaudissements.

– Quelle journée, ventre Saint-Gris ! Et dire que vous faisiez la coquette, Claudius ! soupira-t-elle en débouchant la bouteille de vin blanc qu'elle avait planquée sou son caban. Un petit coup de rincette ?

Elle en siffla elle-même une longue rasade avant de me tendre la bouteille. Eh oui, la mère Muzard biberonne son Gévéor 15° du matin au soir, fume ses deux paquets de gris tous les jours, mais ça ne l'empêche pas de tenir le coup ! Je ne vous dirai pas son âge, parce que ça ne se fait pas chez les gens du monde, mais je vous jure que je voudrais bien tenir la forme comme elle quand j'aurai atteint mes quatre-vingt-dix-huit printemps !

Alors que nous dépassions les moulins de Pantin, elle ôta ses bottes de caoutchouc et s'assit à l'avant du Zodiac pour tremper ses pieds dans l'eau. A la voir si heureuse, je me souvenais avec un petit pincement au cœur des vacances avec ma femme, sur les bords de la Méditerranée, il y a si longtemps. Bah, le passé est le passé, ça ne sert à rien de pleurer, croyez-moi, il faut vivre les bons moments quand ils se présentent…

Bref, au milieu de l'après-midi, nous étions en pleine campagne et, après Claye-Souilly, nous avons fait une petite halte à Trilbardou, un très joli village qui semble bien loin de Paris. Nous nous sommes allongés dans l'herbe, sur la rive, pour piquer un petit roupillon. La mère Muzard avait vraiment forcé sur le blanc sec, et voilà-t-il pas qu'au réveil elle commençait à me faire des guili-guili dans le cou avec un brin d'herbe, en m'appelant son « petit Claudius tout en sucre » ! Bref, je n'ai pas besoin de vous faire un dessin, il était grand temps que je la raccompagne rue Cuvier ! Et c'est au retour que ça s'est gâté !

3
Dans la bétonneuse

La nuit était déjà tombée quand nous avons dépassé Bobigny et ses quais garnis de docks sinistres. Brusquement, il s'était mis à pleuvoir et je dirigeais le Zodiac en clignant les yeux, le visage inondé de pluie. Calfeutrée sous son caban, la mère Muzard m'encourageait à mettre les gaz, mais je restais prudent.

Tout à coup, notre attention fut attirée par des cris stridents. Avec l'obscurité ambiante, je ne parvenais pas à en déceler l'origine, mais bientôt, après m'être retourné, j'aperçus une silhouette qui courait le long du canal en agitant les bras dans notre direction.

– Au secours, au secours ! criait l'homme, dont je ne pouvais distinguer les traits.

Je ralentis un peu et compris alors qu'il était

poursuivi par deux autres inconnus. Le Zodiac, lancé par sa vitesse, filait encore trop vite pour que l'homme puisse arriver à notre niveau.

– Par pitié, au secours ! répéta le fugitif

Je ne pouvais toujours pas voir son visage, mais, au son de sa voix, presque chevrotante, je compris qu'il ne devait pas être de la première jeunesse ! D'ailleurs, il peinait à courir et ses poursuivants gagnaient du terrain !

– Claudius ! Qu'attendez-vous ? ! Virez de bord ! Corne de bouc ! s'exclama la mère Muzard.

Je n'avais pas attendu cet ordre et j'avais déjà sèchement tiré la barre à moi, provoquant un tête-à-queue accompagné de gros remous et d'une gerbe d'eau qui aspergea la mère Muzard de pied en cap. Le Zodiac frôla le quai et je parvins à éviter de justesse un choc qui nous aurait envoyés par le fond ! L'homme était à présent à notre portée, mais il lui fallait sauter pour nous rejoindre à l'intérieur du canot et il s'arrêta, pétrifié, hors d'haleine, hésitant à franchir le pas.

A quelques dizaines de mètres, ceux qui le poursuivaient stoppèrent net et allongèrent le bras dans un geste qui ne trompe pas : ils étaient armés et nous mettaient en joue avec des revolvers.

– Halte ! cria l'un d'eux.

L'autre braqua le faisceau d'une torche électrique très puissante dans notre direction. Je vis alors le visage de celui qu'ils poursuivaient. Un visage auréolé d'une épaisse tignasse blanche, révulsé par la terreur et secoué de tics. Un coup de feu claqua. L'homme s'effondra sur le quai, blessé à la jambe, mais, avant de perdre connaissance, il tendit la main vers moi.

– Prenez ça et sauvez-vous ! souffla-t-il en grimaçant sous la douleur.

Je m'emparai de l'objet qu'il serrait convulsivement et le fourrai sans réfléchir dans la poche de mon pardessus. Ce geste n'avait pas échappé à ses poursuivants… qui ouvrirent de nouveau le feu, cette fois sur le Zodiac ! Un chuintement m'avertit aussitôt qu'ils avaient fait mouche et qu'un boudin était percé.

– Mère Muzard, enfoncez votre doigt dans le trou ! hurlai-je avant de manœuvrer pour virer de bord, une seconde fois.

Ma copine était tombée à plat ventre sur le plancher du canot et palpait désespérément le boudin pour repérer la fuite. Elle le trouva et y nicha son pouce. Un autre coup de feu claqua dans l'obscurité. Je sentis la balle siffler tout près de mon oreille et, mort de trouille, enfonçai la manette des gaz à fond. Le moteur vrombit, le Zodiac se cabra comme pour prendre son élan et rebondit sur la surface de l'eau avant de s'élancer à pleine puissance.

– Bravo, Claudius, ça, c'est du sport ! cria ma copine, toujours cramponnée au boudin.

Elle en avait de bonnes, la duchesse ! J'étais abasourdi par ce qui venait de se passer et je ne pensais qu'à déguerpir, paniqué à l'idée que la fuite d'air ne nous oblige à abandonner notre embarcation ! J'eus bientôt un autre sujet de préoccupation en entendant derrière nous le ronflement d'un moteur, bien plus puissant que celui qui équipait le rafiot de la mère Muzard… Un simple coup d'œil en arrière suffit à m'en persuader. Nous avions quelques centaines de mètres d'avance, mais, à coup sûr, nous ne pouvions longtemps tenir la distance. Il s'agissait d'un hors-bord dont l'étrave fendait avec férocité les eaux noires et boueuses du canal de l'Ourcq. Nous étions arrivés au bassin de la Villette et j'aperçus, au loin, droit devant nous, la rotonde de Jaurès et la ligne du métro aérien sur laquelle une rame s'engageait.

Une rafale d'arme automatique retentit dans la nuit. Tactactactac ! Nos assaillants avaient lâché au moins une vingtaine de pruneaux ! Illico, je sentis le Zodiac accuser le coup et freiner son élan. Le moteur lui-même avait été atteint, les put-put-put déchirants qui s'en échappaient n'auraient pas trompé le plus naïf des matelots de l'amiral Gontran-Frédéric de Muzard-Salsempouille, fût-

ce à la bataille de Trafalgar ! Ce coup-ci, c'était le naufrage garanti ! D'ailleurs, je sentis une eau visqueuse bouillonner à mes pieds. Nous coulions bel et bien, et la vedette ennemie s'approchait dangereusement !

– A l'eau, mère Muzard ! criai-je en basculant par-dessus bord.

Ses petites jambes percluses de varices n'avaient pas attendu mon appel pour se tendre dans un sursaut des plus toniques. Un quartier de lune pâlot éclairait faiblement le canal et je vis la duchesse effectuer un plongeon impeccable dans cette eau peu ragoûtante ! Brassant les flots noirs, je la rejoignis.

– Ah, Claudius, quelle aventure ! souffla-t-elle après avoir craché le bouillon qu'elle venait d'avaler. Rassurez-vous, tout va bien, souvenez-vous qu'en 1932 j'ai gagné le quatre fois cent mètres des concierges européens par équipe !

– Mais taisez-vous donc ! lui dis-je en la soutenant d'un bras, tandis que de l'autre j'agrippais une grosse planche qui dérivait au fil du courant, entraînant avec elle un amas de détritus d'origines diverses, tels que cartons, cageots, rats morts et autres joyeusetés.

L'eau était sans doute très fraîche mais je n'en garde aucun souvenir. La vedette des assaillants était en effet arrivée à l'endroit même où nous avions sombré et, perchés sur le pont, les deux hommes qui nous avaient canardés à la mitraillette scrutaient la surface du canal dans l'espoir de nous retrouver.

– Ces tordus se sont noyés ! assura le premier, un grand échalas au crâne largement dégarni. Y a qu'à mettre les voiles !

– Faudrait en être sûr ! T'as pas vu ? Le professeur a refilé le paquet au gros balourd ! protesta le second, un petit rouquin râblé, qui braquait sa torche en balayant la surface de l'eau.

Gros balourd, gros balourd, c'était bien de moi qu'ils parlaient ? Ils en avaient de bonnes, ces deux-là ! C'est vrai que j'ai de l'embonpoint, mais foi de Lapoigne, je tiens la forme, ah ça mais ! Si ces deux zigotos s'avisaient de me défier à la loyale, sur un ring, on verrait ce qu'on verrait ! Pour l'heure, on n'en était pas là… Je pataugeais dans l'eau glacée, et eux, ils étaient bien au sec, sans doute prêts à me rectifier, si d'aventure ils avaient pu me repérer.

La vedette effectua quelques tours, s'approchant chaque fois davantage du tas de détritus flottant derrière lequel la mère Muzard et moi nous avions trouvé asile. En nageant à tâtons, j'avais réussi à m'approcher d'une échelle scellée dans le ciment des berges du canal. La mère Muzard parvint à s'y hisser et se retrouva bientôt à plat ventre sur la rive. A voix basse, je l'encourageai à ramper jusqu'aux voitures garées tout près de là et qui lui offriraient un abri plus sûr.

C'est alors que Totor, repris par son rhume, se mit à éternuer. Il ne m'avait pas quitté durant le plongeon et ses petites pattes griffues s'étaient profondément plantées dans le col de mon manteau, à tel point que je les sentais m'érafler la couenne à travers le tissu ! L'eau ne lui fait pas peur ! Comme tous les putois, il sait nager, mais ses naseaux le trahirent juste au moment où il ne le fallait pas ! Les tueurs à la mitraillette avaient coupé le moteur de leur vedette et tendaient l'oreille, si bien qu'alertés par le SRRCRATCHOUMM ! émis par mon Totor, ils eurent tôt fait de repérer la planche derrière laquelle je me planquais. Je fus aveuglé par la torche qu'ils braquèrent dans ma direction.

– Sors de là et tiens-toi peinard, on te fera pas de mal ! chuchota le rouquin, en me couchant en joue du canon de son revolver.

Compte là-dessus, mon bonhomme ! C'est pas avec du vinaigre qu'on attrape les mouches et certainement pas avec des promesses à la mords-moi-l'orteil-gauche qu'on coince Claude Lapoigne, Claudius Lapoignus pour les intimes ! Burp ! J'aspirai une grande goulée d'air avant de plonger sous l'eau. En quelques brasses coulées, je contournai la vedette, fermement décidé à leur fausser compagnie… Hélas ! dans cette eau noire, je me trompai de direction, si bien qu'en refaisant surface, mon crâne heurta la coque de leur bateau avec un bruit mat. J'étais sonné, bien sonné, et je voyais danser devant mes yeux des tas de duchesses de Muzard-Salsempouille, en robe de brocart, frétillant de l'éventail avec des gestes coquins, et tout ça sur un air de menuet ! La la la la, la la la… et tsoin tsoin… dzing a dzing ! Des petits marquis pommadés leur faisaient la cour, avec force révérences, tandis que le clavecin égrenait sa douce mélodie. Délicieux spectacle ! J'étais plutôt enclin à me laisser prendre au charme…

« Reviens à toi, Claudius, reviens à toi, sinon tu vas filer un mauvais coton ! » me criait une voix surgie de je ne sais où du fond de mon crâne.

J'ouvris l'œil au moment même où une main m'agrippait par le revers du pardessus pour me hisser à bord de la vedette. Je me laissai faire, aussi inerte qu'une part de flan aux cerises oubliée au fond d'un frigidaire en panne, mais, au dernier moment, je me redressai d'un bloc, et vlan ! j'expédiai mon poing droit en pleine bouille du petit rouquin qui croyait être venu à bout de ma résistance ! Je sentis quelques dents craquer sous le choc, dans un bruit affreux.

– Ah ! le falaud, éructa-t-il, il m'a bouvillé mon bridve !

Tu l'as dit, bouffi, la pogne de Lapoigne, c'est pas de la roupie de sansonnet, surtout dans les jours de grande colère, et c'en était un ! Le lascar valdingua à la renverse sur le pont du bateau et j'en profitai pour m'immerger derechef dans les eaux si accueillantes du canal de l'Ourcq. Cette fois, j'avais bien pris soin de repérer la route et je filai vers la rive, dans une brasse impeccable. Gloup, gloup, gloup, mes bras battaient l'eau en cadence. Agrippé à mon cou, Totor me chatouillait la nuque, à petits coups de museau, comme pour m'encourager. Je repris pied sur la berge du canal, un peu plus loin, en amont de la vedette, dont les occupants continuaient à épier la surface du canal. Je courus, courbé en deux, mais décidément la malchance me guettait ! A peine avais-je franchi quelques mètres que je percutai un tas de ferraille que l'obscurité ambiante m'avait empêché de voir ! Je m'étais cogné le tibia contre une saloperie de poutrelle et ne pus réprimer un cri de douleur. Sacrédiou que ça faisait mal ! Le vacarme alerta mes poursuivants, qui posèrent à leur tour pied à terre et se lancèrent à ma recherche. Je me trouvais au beau milieu d'une sorte de terrain vague encombré de carcasses de voitures et de tas de sable, dans lequel je me dirigeai à tâtons, zigzaguant de droite à gauche, sautant ici, m'aplatissant là, pour tenter d'échapper à la torche dont le faisceau fouillait méthodiquement les cachettes où j'aurais pu trouver refuge.

– Où qu'il est, ce gros balourd ? grognait une voix lourde de menaces.

– Faut le trouver, fe falaud, ve vais lui faire crafer toutes fes dents ! lui répondait l'autre, en écho.

Je finis par discerner une grande forme tapie dans l'ombre. Un monstre trapu et bedonnant, à la gueule entrouverte, et qui bâillait aux corneilles, toute tendue vers le ciel couvert de nuages noirs : une bétonneuse ! M'en approchant à pas de loup, j'en agrippai le bord à deux mains, opérai un rétablissement et y basculai cul par-dessus tête. Spllaaatch… Je m'enfonçai dans une matière molle et spongieuse, tiédasse, qui me parut pourtant bien douce après le bain glacé que je venais de prendre. Arc-bouté sur mes deux pieds de façon à ne pas couler au fond de la cuve, j'y repris tout mon souffle, ainsi que Totor, qui n'en pouvait plus et me signala son soulagement en pétant de joie.

– F'est pas poffible, il a pas pu f'effapper !

– Mais si ! Allez viens, on va pas moisir ici !

Les voix de mes deux poursuivants me parvenaient, assourdies par la distance autant que par le béton qui s'était insinué dans mes oreilles. Ah !

que je la maudissais, la mère Muzard, elle et ses idées de croisière, et le Bingrolo, et son Zodiac, à cet instant, prisonnier de ma bétonneuse, transi de froid, tout gluant, tout grelottant, tout mécontent de m'être laissé entraîner dans un de ces foutus coups tordus que, parole de Lapoigne, la mère Muzard passe son temps à mijoter derrière les carreaux crasseux de ses satanées lunettes, et tout ça, exprès pour m'embêter !

Parce que ne venez pas me dire que, si elle m'avait amené sur le canal de l'Ourcq, ce jour-là, à cette heure-là, c'était par hasard, hein ? Elle avait dû soigneusement calculer son coup ! Ah, elle allait m'entendre ! Elle pourrait toujours m'en proposer, des escargots au coulis de framboises, et me chatouiller le cou en me faisant des mamours, elle n'allait pas s'en tirer comme ça !

Mais, au fait, qu'était-elle devenue ? Avec ses trente kilos toute mouillée et ses varices qui menacent à tout instant d'exploser, était-elle parvenue à se sauver ? Ma pauvre petite Clothilde, j'étais là à ruminer ma colère, comme un égoïste, alors qu'elle…

Un bon quart d'heure s'était écoulé, et le silence régnait aux alentours. J'effectuai une vigoureuse traction et parvins à m'extraire de la bétonneuse. Puis je filai le long des quais, plié en deux. J'en avais presque oublié l'objet que m'avait confié celui que les tueurs appelaient le « professeur », avant de lui tirer dessus. Il était toujours enfoui au fond de la poche de mon pardessus, intact bien que maculé de béton. A la lueur d'un réverbère, je pus l'étudier. Il s'agissait d'un boîtier de métal, fermé par deux petites serrures. Mes doigts étaient gourds à cause du froid et, de surcroît, couverts de grumeaux de ciment, si bien qu'il était illusoire de l'ouvrir. Je lui fis donc réintégrer ma poche, remettant à plus tard l'examen qu'il méritait…

4
La fiole

J'aurais bien été tenté de prendre le métro, mais, dans mon état, ce n'était guère raisonnable. Je filai donc le long des rues, en catimini, d'encoignure de porte en encoignure de porte, par bonds successifs. En passant devant une pharmacie dont la vitrine était ornée d'un grand miroir, je pus voir de quoi j'avais l'air, et croyez-moi, ça n'était pas triste ! Un véritable épouvantail ! Le pire, c'est que le béton commençait à prendre, pardi ! Je le sentais durcir autour de mes jambes, sur mon ventre, et j'avais de plus en plus de mal à avancer. Je m'imaginais déjà pétrifié, coincé au coin d'une rue, transformé en perchoir à pigeons ! J'espère bien qu'un jour, après ma mort, on élèvera une statue à mon nom, mais ce jour-là n'est pas encore arrivé, foi de Lapoigne, Claudius pour les intimes !

Perché sur mon épaule, Totor, lui, se lustrait tranquillement le poil. J'évitai le carrefour Jaurès en le contournant par les petites rues et m'engageai sur le boulevard de la Villette, totalement désert à cette heure tardive. J'étais fou d'inquiétude pour la mère Muzard, et j'aurais bien filé jusqu'à sa loge, rue Cuvier, mais la distance était grande. Fort heureusement, M. Soussou habite tout près du métro Belleville, rue Sainte-Marthe, un vieux quartier à moitié délabré qui sera démoli avant que je n'aie le temps de vous raconter la fin de cette histoire. Sans doute m'offrirait-il l'hospitalité.

Je ne vous décrirai pas les cris d'effroi qui m'accueillirent dès que j'eus frappé à la porte de mon ami. Je fus reçu tout d'abord par un des neveux de M. Soussou, qui tomba raide dans les pommes dès qu'il m'aperçut.

– C'est un mauvais espwit, ça c'est suw ! hurla Mme Soussou, en brandissant une large poêle à frire.

Elle allait m'assommer quand M. Soussou s'interposa. Il m'aida à ôter mes vêtements.

– Hou, quel homme vigouweuw ! glousa Mme Soussou quand elle me vit tout nu. Il faut laver vos habits !

Je me drapai dans une couverture, très honoré par le compliment, tandis qu'elle faisait bouillir de l'eau dans une grande lessiveuse. Avant qu'on ne l'y jette, je plongeai la main dans la poche de mon pardessus pour y récupérer le fameux boîtier. Mme Soussou me tendit alors une gamelle fumante, où surnageaient quelques herbes qui m'étaient inconnues.

– Bois ça ! ordonna-t-elle. C'est du whum agwémenté de wacines de Katou-Katou, l'hewbe qui wend invincible !

Je m'exécutai, docile. J'avais bien besoin de le devenir, invincible, tiens donc, après ce que j'avais subi ! Ventre Saint-Gris, comme aurait dit la mère Muzard, le Katou-Katou, c'était d'un autre tonneau que le petit blanc sec qu'elle affectionne ! J'eus l'impression que mon ventre abritait les chutes du Niagara ! Ça bouillonnait dans mes boyaux, ça filait dans mes veines, ça me remontait droit au cerveau, et, foi de Lapoigne, je me sentis bel et bien invincible. Et un peu pompette, aussi. Je n'avais qu'une hâte, à présent requinqué, c'était d'ouvrir le boîtier. Si on m'avait canardé à coups de mitraillette, si on avait tué le mystérieux « professeur », c'est que son contenu devait avoir une sacrée valeur. Je m'attendais à découvrir un bijou, mais, après que j'eus fait céder les deux serrures grâce au tournevis que m'avait prêté M. Soussou, je vis une minuscule petite fiole remplie d'un liquide rose. Je la saisis délicatement

entre mes doigts et l'agitai, perplexe. M. Soussou se rembrunit alors.

– Noble Lapoigne, je t'offwe mon hospitalité, mais mon épouse avait waison, tu powtes le mauvais espwit avec toi ! dit-il d'un ton lugubre.

– Et pourquoi donc ? demandai-je.

– Je ne sais pas, répondit M. Soussou, mais je le sens ! A cause de cette fiole !

Je la reposai au fond de son boîtier. Totor lui-même frissonna du museau après l'avoir reniflée et envoya un pet des plus corsés pour me faire comprendre qu'il était bien d'accord avec M. Soussou !

– Je ne vais pas rester ! dis-je pour rassurer mes hôtes, qui semblaient croire dur comme fer à cette histoire de mauvais esprit.

Ils avaient sorti mes hardes de la lessiveuse et les essorèrent avant de les tendre au-dessus d'un gros poêle de fonte. Alors qu'elles séchaient en dégageant une épaisse vapeur, je me remémorai la scène de la poursuite sur les quais du canal… Que pouvait-elle donc bien contenir, cette fiole ?

Le béton qui s'était insinué jusque sur ma peau me cuisait le poil et je dus me savonner et me passer la couenne au gant de crin pour en arracher les croûtes. Le contact du savon me parut répugnant, mais je ne pouvais pas continuer de me balader avec cinq kilos de ciment sur le râble, vous pensez bien ! Je m'engouffrai à mon tour dans le baquet où avaient bouilli mes vêtements et Mme Soussou me frotta le dos en fermant les yeux sur ma nudité.

Moins d'une demi-heure plus tard, mes vêtements étaient secs... et propres, ce qui ne leur était pas arrivé depuis bien longtemps ! Et ça me fit un drôle d'effet de les enfiler. La bonne odeur de crasse qui les habitait et à laquelle je m'étais habitué depuis tant d'années avait disparu, et c'était un peu de moi qu'on avait volé ! Alors je me mis à avoir peur.

J'expliquai à M. Soussou que j'allais partir retrouver la mère Muzard, qui, je l'espérais, avait dû réintégrer sa loge à l'heure qu'il était !

– Tu as besoin d'aide noble Lapoigne, mais je dois rester auprès des miens ! marmonna-t-il, très inquiet.

Il ne quittait pas des yeux le boîtier noir et n'attendait qu'une chose : que je déguerpisse ! Je ne lui en voulus pas. Il était très gêné et cherchait malgré tout un moyen de me faire plaisir.

– Si tu veux, dit-il, je te pwête ma mobylette, ainsi tu filewas aussi vite que les espwits de la fowêt !

Il commençait à me casser les oreilles avec ses histoires d'esprits, de fantômes et de sorcières, mais son offre était trop précieuse pour que je la refuse.

La mobylette de M. Soussou, c'est quelque chose, croyez-moi ! Il l'a rachetée à un de ses cousins qui lui-même se l'était vu offrir en cadeau par son grand-père, lequel l'avait échangée contre trois réchauds à gaz et un drapeau américain à un forain du marché aux Puces, en 1953. C'est vous dire qu'elle n'est pas d'un modèle récent, mais M. Soussou est un sacré bricoleur, et il a su la briquer et l'entretenir comme neuve ! Avec les queues de renard en nylon qui ornent le guidon, la selle de méhari qu'il a installée à la place de l'ancienne et le moteur de deux-chevaux qui a remplacé celui d'origine, c'est sûr qu'on n'a jamais vu semblable engin parcourir les rues de Paris !

Je l'enfourchai après avoir serré la main de M. Soussou, et filai droit vers la Bastille pour traverser la Seine et rejoindre la rue Cuvier. Totor s'était installé sur mes genoux et roucoulait de plaisir à chaque virage, lâchant un petit pet admiratif dès que le pot d'échappement crachait une gerbe d'étincelles dans la nuit noire. En traversant le pont Marie, j'aperçus la silhouette de mon copain Bébert, l'ex-journaliste, pelotonnée sur le pont d'une péniche, tout près de son Caddie. J'enviais son sommeil insouciant, à ce sacré Bébert, croyez-moi !

Je garai ma mobylette au coin de la rue Cuvier,

et c'est le cœur battant que je toquai du bout des doigts aux volets clos de la loge de la mère Muzard. Une fois, deux fois, sans résultat. Malheur de malheur, la pauvre Clothilde devait être morte, là-bas, sur les rives du canal de l'Ourcq ! Ses varices avaient dû lâcher ! Comme enragé, j'envoyai un grand coup d'épaule dans la porte de l'immeuble... qui céda sous la pression ! J'en fus tout surpris. Était-ce l'effet de la décoction de Katou-Katou que j'avais ingurgitée rue Sainte-Marthe ? Je n'eus pas le temps de me poser la question. Alors que j'avançais à tâtons dans le couloir, je sentis un choc contre mon ventre et, soudain, la veilleuse s'alluma. Retranchée derrière un tromblon, la mère Muzard, en chemise de nuit, me fixait de ses petits yeux de taupe !

– Arrière, voyou ! cria-t-elle en pointant le canon de son arme sur mon visage.

– Mais c'est moi, mère Muzard, moi, Claudius !

Elle ouvrit grand la bouche et laissa tomber son engin de mort pour me sauter dans les bras. Manque de chance, le tromblon, en chutant à terre, lâcha sa décharge, qui cribla de chevrotine les boîtes à lettres des habitants de l'immeuble.

– Claudius, j'ai cru qu'ils vous avaient occis ! bredouilla-t-elle, indifférente aux dégâts.

Je ramassai l'arme d'une main, agrippai la mère Muzard de l'autre et la poussai à l'intérieur de sa loge. En quelques mots, elle me raconta son aventure : après avoir rampé vers les voitures garées le long du canal de l'Ourcq, elle avait trouvé un vélo et avait pédalé comme une folle jusque chez elle. S'attendant à des représailles de la part de nos tueurs, elle était même allée chercher quelques sacs de sable dans un chantier voisin pour les entasser devant ses fenêtres, prête à tenir un siège.

– Mais c'est absurde, mère Muzard, lui dis-je. Comment voulez-vous qu'ils nous retrouvent ? Ils ne savent même pas qui nous sommes !

Elle acquiesça en mâchonnant son dentier, surprise par la justesse de ma remarque.

– Et ce tromblon, mère Muzard, vous vous rendez compte un peu, vous avez bien failli me tuer ! Il faut être raisonnable, voyons !

Je m'emparai de l'arme, mais elle me l'arracha aussitôt des mains.

– Pas touche, héritage familial ! grinça-t-elle en rajustant son dentier, qui venait encore une fois de risquer une petite évasion. Grâce à lui, mon ancêtre Gaëtan-Rodolphe de Salsempouille a tenu en respect tout un bataillon de uhlans à la bataille de Lückenkriek-Soldenbourg-Vürklichfogel !

– Oui, eh bien, rangez-le donc pour le moment ! insistai-je.

Elle plongea sous son lit et j'entendis un grand bruit de ferraille. Un jour, en douce, il faudra bien que j'y jette un coup d'œil, sous le pucier de la duchesse ! J'ai comme l'impression qu'elle y planque un sacré arsenal !

Bref, malgré nos chamailleries habituelles, j'étais rudement heureux de la savoir en vie, sans une seule varice manquant à l'appel.

– Et votre caniche ? demanda-t-elle, il s'en est tiré, lui aussi ?

J'approchai Totor de son visage et elle lui donna une petite caresse. Oui, je vous l'ai peut-être déjà dit, mais la pauvre mère Muzard est myope comme une chauve-souris et je n'ai jamais osé lui avouer que Totor est un putois. Quand par hasard je passe boire un petit coup de blanc sec chez elle, et qu'un locataire pointe le bout de son nez à la loge, il fait la moue d'un air dégoûté, mais que voulez-vous, moi, il faut me prendre comme je suis !

A propos de blanc sec, la mère Muzard nous en déboucha une petite bouteille et nous avons trinqué. Je lui montrai le boîtier contenant la fiole remplie du liquide rose.

– On pourrait goûter ? proposa-t-elle. Ça a une jolie couleur !

Je lui arrachai l'objet des mains, alors qu'elle plantait déjà ses ongles noirs dans le petit bouchon de caoutchouc.

– Mère Muzard, lui dis-je, je ne sais pas de quoi il s'agit, et je vais m'en débarrasser, de cette fiole ! Et vous allez me promettre de ne parler à personne de ce qui s'est passé cette nuit, d'accord ?

Elle ronchonna, se gargarisa avec une gorgée de blanc et finit par pousser un long soupir.

– Voyez-vous, Claudius, dit-elle, ce qui est embêtant avec vous, c'est votre manque de curiosité ! Vous n'arriverez jamais à rien dans la vie… bon, je vous promets !

J'étais soulagé. Je lui souhaitai le bonsoir et sortis dans la rue.

5
Retour au canal

Il faisait encore nuit noire et je fis quelques pas sur le trottoir, après avoir récupéré mon landau qui était resté au fond d'un couloir chez la mère Muzard. Je me sentais tout chose, propre comme un sou neuf. J'aurais bien voulu me rouler sur un bon tas de poussière comme font les éléphants, histoire de me salir un bon coup, de réintégrer ma peau de clochard, mais le plus urgent, c'était de piquer un petit roupillon parce que je commençais à accuser le coup, après la nuit de dingue que le venais de passer !

Ahhh dooormiir… doooormiiiirr tout son saoul, ronfler à s'en faire péter les naseaux, je ne connais pas de plaisir aussi délectable !

Je m'étais installé sur un banc, en face de la

faculté de Jussieu et, en ouvrant les yeux, je vis qu'il était midi passé à la pendule du métro. Les étudiants qui allaient en cours rigolèrent en me voyant faire ma petite gymnastique matinale, mais je les laissai ricaner.

Je regagnai la loge de la rue Cuvier, la mère Muzard n'y était pas. Sans doute partie faire ses courses au marché de la rue Mouffetard, ou occupée par le ménage dans l'escalier, ce qui m'arrangeait bien. Je ne tenais pas à lui faire la causette, à la duchesse. Après avoir planqué mon landau dans son local à poubelles, je récupérai la mobylette de M. Soussou et je filai vers la Villette… inutile d'emmener Clothilde-Berthe de Muzard-Salsempouille avec moi, vous pensez bien ! La nuit m'avait porté conseil, et je comptais bien en avoir le cœur net, à propos de nos deux tueurs.

Une piste cyclable court tout le long du canal, jusqu'à Meaux. Juché sur ma pétrolette, je l'empruntai, rive droite, histoire d'aller faire un tour du côté de l'endroit où le « professeur » s'était fait tirer dessus avant de me refiler son satané boîtier ! Il y avait des joggers et des cyclistes qui s'ébattaient le long du canal et, à le voir comme ça, en plein jour, nappé d'un petit rayon de soleil, on n'aurait jamais pu supposer à quel point il est désagréable d'y faire un petit plongeon à la nuit tombée !

En moins de temps qu'il ne faut pour le dire, j'avais repéré l'endroit où les tueurs avaient tiré sur le professeur avant de canarder le Zodiac de la mère Muzard ! Je remarquai aussitôt des traces de sang sur le gravier et une longue traînée dans l'herbe voisine… Bravo, Claudius, me dis-je. En plein dans le mille ! Les deux lascars étaient donc revenus sur leurs pas et s'étaient occupés de ce pauvre homme après avoir abandonné l'idée de nous coincer, la mère Muzard et moi !

Je garai la mobylette de M. Soussou le long d'un grillage. C'est alors que j'aperçus la vedette qui nous avait poursuivis, amarrée le long du quai un peu plus loin en aval. Avec de multiples précautions, je me faufilai dans les taillis environnants pour m'en approcher.

– F'est pas poffible, fe que ve peux fouffrir, v'ai mal, mais v'ai mal ! s'écria une voix que j'aurais reconnue entre toutes : celle du rouquin à qui j'avais expédié mon poing en plein dans les chicots, pas plus tard que la veille au soir.

– Ouais, eh ben, le dentiste, ça attendra, mon vieux ! lui répliqua son acolyte. Allez, en route !

Accroupi derrière un buisson, je les vis quitter la vedette et se diriger vers un entrepôt à moitié en ruine, à une centaine de mètres de là. J'attendis qu'ils y soient entrés pour m'en approcher à mon tour. A pas de loup, je fis le tour du bâtiment. A l'intérieur régnait un désordre épouvantable. Caisses, carcasses de voitures, de machines, débris de moteurs, flaques d'huile, c'était un vrai capharnaüm, là-dedans ! Et justement, moi, Claude Lapoigne, Claudius Lapoignus pour les intimes, j'aime le désordre ! Je ne connais rien de pire qu'un endroit bien rangé, et je pense que vous êtes de mon avis. Le fouillis, c'est la vie ! Tenez, lâchez-moi au beau milieu d'un jardin aux pelouses hérissées de fil de fer sur lesquelles il est interdit de s'allonger, et voilà que j'ai des boutons ! Les allées taillées au cordeau, les avenues bien proprettes, ça me donne de l'allergie ! Mais parlez-moi d'une ruelle bien biscornue, agrémentée de palissades plantées de guingois qui s'ouvrent sur des courettes encombrées de bric-à-brac et je me sens revivre ! Et là, croyez-moi, j'étais servi !

Une porte défoncée qui pendait sur ses gonds me permit de pénétrer à l'intérieur du hangar, et aussitôt je me faufilai derrière l'amoncellement de détritus qui encombraient les lieux. En moins de deux minutes, j'étais comme chez moi ! Le hic, c'est que l'endroit semblait désert ! Où étaient donc passés mes deux cinglés de la gâchette ? Je tendis l'oreille et ne tardai pas à percevoir les échos d'une conversation, en provenance du sous-sol… Sur la pointe des pieds, je me dirigeai vers un escalier en colimaçon qui menait à une sorte de cave. Aussitôt, des voix me parvinrent, bien plus nettes.

– Profeffeur, vous pouvez pas nous faire fa, voyons ! Bien fûr, on vous a tiré deffus, mais f'est parfe que vous avez effayé de vous fauver !

– Hein ! professeur, vous allez vous remettre au travail, et tout de suite encore ! Sinon, votre blessure, on la soignera pas !

La même voix chevrotante que j'avais entendue pour la première fois la veille au soir leur donna alors la réplique.

– Allez-vous-en ! C'est terminé ! J'ai perdu beaucoup de sang et je ne peux plus travailler !

– F'est fûr ! Mais la formule, la formule, vous devez bien vous en fouvenir, hein ! profeffeur ?

Chaque fois que je l'entendais, ce nigaud à qui j'avais fracassé la mâchoire, je ne pouvais m'empêcher de rire, mais ce n'était vraiment pas le moment.

– Non, je ne me souviens de rien !

– Ah, ça ! c'est pas raisonnable, professeur !

Il y eut un bruit mat, et j'entendis le pauvre professeur râler sous la douleur. Ces deux salopards étaient bel et bien en train de le torturer. Je serrais les poings, blême de rage, mais je ne pouvais rien tenter contre eux. Finalement, c'était bien la mère Muzard qui avait raison : ah ! si

j'avais emporté le tromblon de son ancêtre, je les aurais rectifiés, ces deux sagouins, mais voilà, j'étais désarmé, et je savais fort bien, et pour cause, que les tueurs détenaient une sacrée artillerie !

Je m'étais tapi derrière une pile de cartons, à l'entrée de l'escalier, et j'enrageais de me sentir impuissant à venir en aide à ce pauvre bougre !

– Tant pis, on va f'y prendre autrement ! Allez, dormez bien, profeffeur, et à bientôt !

Je perçus un bruit de pas, des pas qui venaient dans ma direction ! Les deux tueurs remontaient l'escalier. Aplati comme une crêpe derrière mon tas de cartons, je les vis passer tout près de moi et quitter le hangar. Totor grognait au fond de la poche de mon pardessus, mais heureusement, ils ne l'entendirent pas.

– F'était bien vero vero fif, hein, le numéro ? demanda l'édenté en passant à quelques centimètres de moi.

– Mais non, zéro zéro sept ! Comme James Bond, c'est pourtant pas sorcier ! rétorqua l'autre.

Suant de trouille qu'ils ne découvrent ma cachette, je ne prêtais plus attention à leur bavardage. J'attendis encore une bonne minute, puis, à mon tour, je m'engageai dans l'escalier. Je débouchai alors dans un sous-sol bien plus ordonné que le rez-de-chaussée du hangar. Des alignements de bacs à plantes baignés par la lumière bleutée de néons horticoles occupaient tout l'espace, sur plusieurs dizaines de mètres carrés. Plus étonnant encore, un énorme aquarium où prospéraient quantité d'algues et de plantes aquatiques occupait tout un pan de mur. Tout près se dressaient des paillasses encombrées de cornues, de pipettes et de microscopes... Mais de « professeur », bernique, macache et tout l'toutim, comme aurait dit Bébert !

– Professeur, professeur, m'entendez-vous ? chuchotai-je, le cœur battant.

Totor avait sauté de la poche de mon pardessus et se mit à fouiner, museau à ras du sol et cul dressé, lâchant de petits pets flûtés en tortillant de la croupe. Il s'arrêta net devant une grosse porte blindée pourvue d'un œilleton et se mit à couiner pour attirer mon attention. Sacré Totor, jamais son flair ne le trahira ! Je me précipitai et rivai mon œil sur le judas.

Je découvris une cellule capitonnée et pourvue d'un lit où était enchaîné le vieil homme qui m'avait appelé à l'aide la nuit précédente, celui-là même qui, dans un geste désespéré, m'avait tendu le boîtier contenant la fiole ! Son pantalon était couvert de sang, et il semblait dormir. Votre serviteur Claudius eut alors une impression étrange : ce visage ne m'était pas inconnu... évidemment puisque je l'avais déjà aperçu la nuit précédente, et dans des circonstances qu'on n'oublie pas, me direz-vous ! Oui, oui, mais il y avait autre chose… Ce gars-là, j'avais déjà reluqué sa bobine avant, quelque part, mais où et quand, j'étais incapable de le préciser ! Je cognai de toutes mes forces sur la porte, sans parvenir à attirer son attention.

Claudius, mon vieux Claudius, ce n'est pas le moment de perdre la tête ! me dis-je. Une masse, un burin, un marteau-piqueur, il faut trouver quelque chose et ouvrir cette satanée cellule ! Je remontai à l'étage et, après avoir fouillé dans le hangar, je finis par dénicher une solide barre à mine à l'aide de laquelle je m'attaquai à la porte.

Une heure plus tard, les mains couvertes d'ampoules, je dus avouer ma défaite. Je n'étais pas parvenu à entamer le blindage ! Des éclats de béton jonchaient le sol, j'avais rayé la porte à force de cogner dessus, mais elle refusait de céder.

– Claudius, il faut faire le point ! dis-je à voix haute, pour me donner du courage. Primo, le professeur t'a confié une fiole, et les deux tueurs semblent y tenir ! Deuzio, tu as causé bien des dégâts en essayant de le délivrer et, quand ils seront de retour, ils s'en apercevront, ce qui ne va pas les mettre de bonne humeur ! Tertio, tout ce qui te reste à faire, c'est de récupérer la fiole et de l'échanger pour délivrer le malheureux qui est là, dans cette cellule que tu n'es pas seulement foutu capable d'ouvrir, nom de nom ! Quarto, si tu t'acharnes à te mêler de ce qui ne te regarde pas, tu le sais aussi sûr que deux et deux font quatre, les tuiles et les ennuis et la guigne et la poisse vont te dégringoler sur le râble !

Crrouic, crrouic… grogna Totor, qui avait fort bien compris le dilemme qui me taraudait les tripes.

Je sentis alors un filet de sueur glacée me descendre le long des reins. A propos de deux et deux font quatre, ma pauvre cervelle en était à égrener d'autres chiffres, ceux-là mêmes que les tueurs avaient évoqués en passant tout près de moi, alors qu'ils quittaient le hangar. Leurs voix me revinrent en mémoire.

– F'étais bien vero vero fif, hein, le numéro ?

– Mais non, zéro zéro sept ! Comme James Bond, c'est pourtant pas sorcier !

De dieu de nom de dieu de foutu Lapoigne de bon à rien ! 007, c'était le numéro d'immatriculation du Zodiac de la mère Muzard ! Tandis qu'ils nous poursuivaient sur le canal, ils avaient eu tout le temps de le noter. Il suffisait qu'ils aillent faire leur petite enquête à la capitainerie du port de l'Arsenal, et ils obtiendraient le nom de l'heureuse propriétaire du rafiot, à savoir ma copine la duchesse de Muzard-Salsempouille !

L'employé qui nous avait remis les clefs du bateau avant notre départ en croisière n'avait aucune raison de se méfier ! Je quittai le hangar au triple galop, avec Totor qui trottinait derrière moi.

6
Catastrophe !

En arrivant rue Cuvier, la mobylette de M. Soussou faillit bien rendre l'âme tant je l'avais malmenée. Elle crachait une fumée noire et pétaradait de tous ses pauvres pistons chauffés à blanc, à tel point que Mustapha aurait pu faire griller ses merguez sur le pot d'échappement !

Le sang reflua de mon visage quand je découvris l'intérieur de la loge de la duchesse de Salsempouille : tout y était sens dessus dessous ! Le gourbi avait été passé au peigne fin, si tant est que l'expression convienne, puisque, comme vous le savez, cette chère Clothilde-Berthe est complètement chauve ! Tonnerre de tonnerre, les barbares avaient tout saccagé, du sol jusqu'au plafond ! Le pire, c'était que mon landau, mon landau à moi, mon landau de clochard, gisait au beau milieu du champ de bataille ! Les tueurs l'avaient trouvé dans le couloir attenant à la loge et ne s'étaient pas gênés pour l'éventrer, à la recherche de leur satanée fiole ! Ma peau de mouton pour les jours de grand froid ? Lacérée ! Mon Butagaz ? En miettes ! Ma bouteille de pétrole destinée à m'enduire la peau pour chasser les puces ? Renversée ! Mes mitaines en skaï fourrées à la laine de coq ? Déchirées ! Mon unique caleçon de rechange, celui que j'enfile dès les premiers jours d'été ? En charpie ! J'en pleurais de rage !

Il y avait des traces de lutte et des touffes de cheveux roux et bruns jonchaient le lino, preuve que la mère Muzard s'était vaillamment défendue en arrachant de pleines poignées à la tignasse de ses ravisseurs ! Ses ravisseurs ? Eh oui : une lettre était agrafée sur le trône des ducs de Muzard, renversé au beau milieu de la loge ! Je la parcourus.

Gros balourd !

On tient la vieille et on va lui faire passer un sale quart d'heure si tu ne nous rends pas ce que tu sais ! A bon entendeur, salut ! Rendez-vous ce soir, 22 heures, sous le pont Mirabeau !

Signé : Qui tu sais.

La mère Muzard kidnappée ! Ah, ça, c'était la meilleure ! Je me serais bien trempé la tête dans l'eau bouillante pour me punir de mon imprévoyance ! Tandis que je fouinais dans l'entrepôt près du canal, les tueurs étaient venus ici, rue Cuvier, pour enlever ma copine ! Et le pire, c'était qu'ensuite, sitôt qu'ils avaient réintégré leur tanière, ils avaient dû s'apercevoir des dégâts que j'avais causés dans mes efforts pour délivrer le « professeur »… En cognant à coups de barre à mine sur la porte de sa cellule, j'avais laissé des traces, fatalement ! De ce fait ils devaient se tenir sur leurs gardes ! Il était même évident qu'ils avaient dû abandonner le hangar et emmener le professeur ailleurs !

Soudain, j'eus l'impression qu'une tempête se déclenchait à l'intérieur de mon crâne. Le « professeur » ? Oui, le professeur ! Souvenez-vous : en le découvrant allongé sur son lit, dans sa cellule, j'avais eu la curieuse sensation de l'avoir déjà vu quelque part ! Maintenant, je savais où !

Je jaillis hors de la loge de la mère Muzard, bondis sur la mobylette de M. Soussou, et, la poignée dans le coin, je fonçai jusqu'au pont Marie, où mon copain Bébert a élu domicile, comme vous le savez.

Confortablement installé sur un pliant, face à un lit de braises qui rougeoyaient à même les pavés du quai, il était en train de se faire cuire une fricassée de potiron pour accompagner son mou marengo, une recette qu'il a personnellement mise au point, quand je fis irruption auprès de lui.

– Bébert ! Tu m'as dit que t'avais suivi l'affaire Sanders ! m'écriai-je, hors d'haleine.

– Ben oui, même que je t'ai proposé de jeter un œil sur le dossier, mais ça a pas eu l'air de te passionner ! me répondit-il en tournant la broche sur laquelle il avait disposé ses morceaux de mou.

Je le savais, mais ces quelques coupures de presse qu'il m'avait montrées la veille, alors que le venais de fuir le barrage des gardes mobiles, je les avais dédaignées de prime abord ! Bravo, élève Lapoigne, zéro pointé sur toute la ligne ! Un vrai cancre, que j'étais !

Bébert essuya le jus de mou qui coulait le long de ses doigts, fouilla dans son Caddie et me tendit de nouveau son paquet de journaux à moitié moisis. Je les feuilletai, fébrile. Le *France Soir* en date du 2 avril alignait à la une la photo du professeur Sanders, le prix Nobel de botanique, avec pour seul commentaire, en caractères gras : disparu ! Hébété, je fixais le visage qui souriait au photographe. Aucun doute, il s'agissait bien du prisonnier de l'entrepôt du canal de l'Ourcq, celui-là même qui avait risqué sa vie pour me remettre le boîtier noir contenant la fiole ! Ce visage en apparence austère, mais dont le regard exprimait une grande douceur, ne laissait aucun doute !

– T'en prendras bien un p'tit chouïa, Claudius ? me demanda Bébert en me tendant une brochette de mou.

Le fin du fin de la recette du mou marengo façon Bébert, c'est qu'il faut faire bouillir les abats dans une gamelle d'eau de la Seine avant de les faire rôtir, c'est ce qui leur donne cette saveur incomparable, Bébert est formel là-dessus !

Je mastiquai la brochette, heureux de goûter pareille splendeur, bien que préoccupé par mes soucis…

– Bébert, lui dis-je, le professeur Sanders, je sais où il est !

– Claudius, ça, c'est un scoop ! On va fêter ça !

Il décapsula une bouteille de rouge et me la tendit. J'en sifflai quelques lampées au goulot, et ça me fit du bien.

– Bébert, je suis dans de sales draps ! Est-ce que t'es partant sur cette affaire ? demandai-je ensuite.

Il éclata d'un rire homérique et m'envoya une grande bourrade entre les omoplates. J'en toussai sous la violence du choc. Je peux vous dire que les paluches à Bébert, c'est pas de la rigolade, et qu'avec un lascar de cet acabit à vos côtés, vous pouvez affronter la terre entière ! Bébert est un zigue formidable, dès qu'il y a un poteau dans la mouise, il est prêt à se mettre en quatre pour lui venir en aide.

– Comme tu voudras, me dit-il, tu sais où me trouver !

Ragaillardi par l'aide que me promettait mon frère de la cloche, je sentis mon moral revenir au beau fixe. Le boîtier noir qui contenait la mystérieuse fiole, celle-là même qui avait bien failli coûter la vie au professeur Sanders et qui avait provoqué le kidnapping de la mère Muzard, se trouvait toujours dans la poche de mon pardessus. Ce liquide rose, quelle était donc sa teneur ? Le savant Sanders avait obtenu le prix Nobel de botanique ? Il y avait donc fatalement un rapport, sinon, c'était à devenir fou ! Eh bien, on allait en avoir le cœur net, ou bien alors, je ne m'appelais plus Lapoigne !

7
Lapoigne et son conseil scientifique

Je crois vous avoir déjà expliqué qu'avant de devenir clochard, j'étais professeur dans un lycée. J'enseignais le latin à des tas de bons à rien qui se fourraient les doigts dans le nez au lieu d'apprendre le vocabulaire et la déclinaison, bref, en latin, la plupart des noms finissent en us, et c'est bien pour ça qu'on m'appelle Lapoignus ! De ces années-là, j'ai gardé quelques amitiés parmi mes anciens collègues ! Oh, pas avec les vieilles demoiselles toutes blettes, aux dents en biais, qui baragouinent l'anglais à grands coups de *the*, *the*, en tordant la bouche comme si elles avaient avalé leur bouquin de grammaire, ça c'est sûr ! D'ailleurs, rien qu'à renifler mon odeur, aujourd'hui, elles s'étrangleraient d'épouvante ! Je les entends déjà, tiens ! *Misteuuur Lapouêêgneu ?*

Ahôô ? Shoking ! Yes, indeed ! Et c'est certain que leur *cup of tea*, et leur *christmas pudding* ne vaudront jamais la tarte aux rognons de morue et la liqueur de chou rouge que concocte la mère Muzard pour la Saint-Sylvestre ! Non ! Si votre serviteur, Claudius Lapoignus pour les intimes, peut se vanter d'avoir conservé quelques amitiés parmi les profs, c'est auprès de certains énergumènes d'une tout autre trempe !

Augustin était de ceux-là. Je l'avais connu sur les bancs de la communale, alors que nous vadrouillions tous deux en culottes courtes, vous voyez que ça ne nous rajeunit pas ! Augustin avait parcouru bien du chemin depuis nos jeux de billes dans la cour de l'école de la rue de Ménilmontant. Aujourd'hui, il enseigne la botanique aux étudiants de la faculté, c'est vous dire si ce gars-là s'y connaît dans sa partie ! Pour tout vous révéler, dans notre jeunesse, il avait été un peu amoureux de ma pauvre femme, si bien qu'on s'était retrouvés rivaux, mais c'est moi qui lui avais passé la bague au doigt, en fin de compte ! Augustin ne m'en a jamais voulu, et, entre nous, c'est à la vie à la mort. Je ne sais pas comment vous êtes, vous, mais, foi de Lapoigne, je peux vous jurer que quand on tient un copain, un vrai, il ne faut surtout pas le lâcher ni se disputer pour des broutilles, parce que l'amitié, dans l'existence, il n'y a que ça de vrai, vous pouvez en croire un vieux clochard qui a roulé sa bosse !

Toujours grâce à la mobylette de M. Soussou, je me dirigeai vers le Muséum d'histoire naturelle, en face de la gare d'Austerlitz. Ce vieil Augustin, qui fut ravi de ma visite, y dirige un grand laboratoire. Il avait un peu vieilli, pris de la bedaine, et ses cheveux étaient devenus tout blancs. Malgré tout, il respirait la santé, ce qui me fit bien plaisir.

– Claudius, tu te fais rare ! me dit-il en m'accueillant dans son laboratoire.

En quelques mots, je lui racontai mes récentes mésaventures. Il saisit la fiole contenant le mystérieux liquide rose. L'idée que le professeur Sanders, prix Nobel de botanique, avait risqué sa vie pour me la confier bouleversa Augustin. Il m'entraîna vers une paillasse, décapsula la fiole, préleva quelques gouttes de son contenu et les étudia au microscope. Sa jeune assistante, une demoiselle Sophie, tout en rondeurs, avec une ravissante frimousse parsemée de taches de rousseur, assistait à l'opération et me considérait d'un œil plus que curieux. Elle était fort mignonne, et, foi de Lapoigne, je me serais bien laissé aller à lui faire un brin de causette si l'heure n'avait été si grave…

– Claudius, me dit Augustin, je crains fort que

tu n'aies mis la main sur une sacrée histoire! Regarde!

Il abandonna son microscope et, avec des gestes délicats, versa une goutte du liquide rose dans une des grandes cuves remplies de plantes aquatiques qui équipaient son laboratoire.

Alors, sous mes yeux, s'opéra un sinistre miracle. En moins de dix minutes, toutes les plantes dépérirent, comme si elles avaient brusquement été frappées d'inanition! Les bulbes se racornirent, les tiges se gondolèrent, les fleurs s'étiolèrent!

– Oh, monsieur Augustin, s'écria la jeune Sophie, c'est affreux!

Elle s'était blottie contre mon vieux copain, qui lui caressa machinalement la joue. Sophie se mit à rougir en me regardant. Sacré Augustin, me dis-je, toujours porté sur la bagatelle! Mais ce n'était certes pas le moment de penser à ce genre de choses!

– Regarde, Claudius, regarde! murmura Augustin, ébahi.

La goutte de liquide rose s'était à présent totalement diluée dans l'eau de l'aquarium, et de minuscules pousses croissaient sur le cadavre des anciennes plantes. Elles en rongeaient la chlorophylle avec avidité et s'épanouissaient à une vitesse folle, de telle sorte qu'elles se mirent à prospérer dans toute la cuve ! Rien ne semblait pouvoir arrêter leur prolifération ! Voilà qu'elles pointaient leurs stolons hors de l'eau et que de minuscules lianes se formaient et perçaient elles aussi la surface de l'aquarium !

– Fantastique ! s'écria Augustin.

Il était stupéfait.

Les lianes ondulaient sur le plancher du laboratoire et progressaient vers les autres cuves pour en prendre possession !

– Mon petit chou ! hurla Sophie, en se pendant au cou de ce brave Augustin, il faut réagir !

Obnubilé par le spectacle, il était totalement incapable d'effectuer le moindre geste.

– Monsieur Claudius ! cria Sophie, désespérée, aidez-moi !

Elle avait saisi un sécateur et tranchait les pousses, tandis que j'en écrasais d'autres du talon de mes galoches ! Nous eûmes bien du mal à en venir à bout. C'était l'histoire du ver de terre que vous pouvez cisailler en mille morceaux mais qui trouve encore la force de se tortiller, même réduit à l'état de tronçons ! La ravissante Sophie était une femme de tête : pour plus de sûreté, elle versa dans la cuve où avait germé le fléau une bonne rasade d'acide chlorhydrique ! Il y eut un épais dégagement de fumée âcre, qui nous piqua la gorge à tous les trois, mais la mixture qui mena-

çait d'infester tout le laboratoire avait bel et bien rendu l'âme et achevait de se dissoudre sous la morsure de l'acide.

– Augustin, qu'est-ce que c'était ? balbutiai-je, encore étourdi.

– *Caulerpa taxifolia virulens*, mon vieux Claudius ! bredouilla-t-il, effaré.

– Une algue toxique, originaire des Caraïbes, et qui a été introduite par accident en Méditerranée ! précisa la délicieuse Sophie, tout en rajustant son ravissant chignon.

– Oui... reprit Augustin, c'est une véritable catastrophe ! Dans son milieu naturel, elle est inoffensive, mais ici, dans nos contrées tempérées, elle peut commettre bien des ravages, Claudius ! Elle résiste à tout ! Un seul plan peut ravager des kilomètres de nos plages ! Mais ce qui me trouble... ah ! Claudius, comme c'est étonnant...

Il bafouillait, ne parvenait plus à trouver ses mots. Je l'encourageai à poursuivre.

– D'ordinaire, cette algue, bien que dangereuse, n'est pas si virulente, ajouta-t-il, toujours aussi abasourdi. Dans l'échantillon que tu m'as fourni, on a dû la manipuler, lui faire subir en plus une terrible mutation, si bien que, lâchée dans la nature, elle serait capable de déclencher une terrible catastrophe ! Tu as vu les dégâts qu'une seule goutte de cette culture peut produire, alors imagine-toi, toute la fiole, déversée en n'importe quel point de la côte ! Seul un grand botaniste aurait pu parvenir à un tel résultat, mais il faudrait qu'il soit devenu fou pour se livrer à de telles expériences !

– Sanders ! le prix Nobel, souffla Sophie, seul Sanders était capable d'un tel prodige ! Vous ne vous êtes pas trompé, Claudius !

– Dans ce cas, on a dû l'y contraindre, jamais il ne l'aurait fait de son plein gré ! marmonna Augustin.

– Mais dans quel but ? ajouta Sophie, dont le charmant minois exprimait une grande terreur.

– Les gens qui l'ont forcé à effectuer de telles expériences veulent déclencher une catastrophe, une catastrophe écologique, pardi ! leur dis-je.

– Ou se servir de la menace comme moyen de chantage ? suggéra Augustin.

Des fous, qui voulaient détruire la mer, voilà qui étaient les deux tueurs du canal de l'Ourcq ! Mes genoux se mirent à faire tchac tchac ! C'était vraiment épouvantable !

– Claudius, me dit Augustin, il faut prévenir la police !

– Ben voyons, rétorquai-je, moi, Claude Lapoigne, clochard professionnel, je vais aller les voir et ils vont me croire ! Ils vont me coller au trou, oui, aussi sûr que deux et deux font quatre, et c'est pas demain la veille que je pourrai aller boire un coup de blanc sec chez la mère Muzard !

– Mais, Claudius, protesta Augustin, est-ce que tu réalises bien qui est le professeur Sanders ?

– Justement, lui dis-je, c'est une grande sommité scientifique, je te l'accorde, mais, aux yeux des flics, la mère Muzard, c'est moins que du pipi de chat, et je tiens pas à ce qu'ils déclenchent une opération commando et que ma copine y laisse sa peau ! Je vais leur rendre leur fiole, et ils les libéreront ! Après on verra comment les coincer !

Augustin bougonna quelques instants.

– Mais puisque tu as repéré leur laboratoire, sur les bords du canal de l'Ourcq, ils n'ont qu'à y faire une descente et coffrer les ravisseurs !

– Mais non, Augustin, s'écria Sophie, vous n'avez rien compris ! Maintenant, ils ont bien dû se rendre compte que Claudius les a découverts et ils ont eu tout le temps d'emmener le professeur Sanders en lieu sûr !

Bravo, Sophie, ça, c'était bien vu ! Décidément, elle me plaisait beaucoup, cette petite !

Mais Augustin ne battait pas si vite en retraite.

– Confie-moi au moins la fiole ! s'écria-t-il. On pourrait la remplir d'un autre liquide rose, et ils n'y verraient que du feu !

– Et s'ils vérifient, avant de libérer la mère Muzard ? répliquai-je.

– C'est juste ! concéda Augustin, troublé.

J'avais mis la main dans l'engrenage, et maintenant, c'était à moi d'assumer mes responsabilités. Jusqu'au bout. Je le leur dis.

– Votre ami a raison, plaida Sophie. Il faut lui faire confiance !

– Augustin, m'écriai-je, voilà ce que je te propose !

Et je leur expliquai mon plan. Dès que j'eus fini de parler, la pétulante Sophie me couva d'un œil de velours.

– Oh vous, alors, m'sieur Claudius, roucoula-t-elle, vous êtes un homme, un vrai ! Vous z'avez pas froid aux yeux !

Hé, hé, hé, c'est qu'elle disait vrai, la donzelle ! Je lui décochai un de ces petits sourires qui m'avaient valu bien des succès féminins, du temps de ma folle jeunesse. Elle n'y fut pas insensible…

– Oui, bon, bah ! c'est pas tout ça, grommela Augustin, puisque c'est décidé, y a plus qu'à passer à l'action ! Mais je te préviens, Claudius, si ton plan échoue, je serai obligé de prévenir la police ! C'est trop grave !

8
Le piège

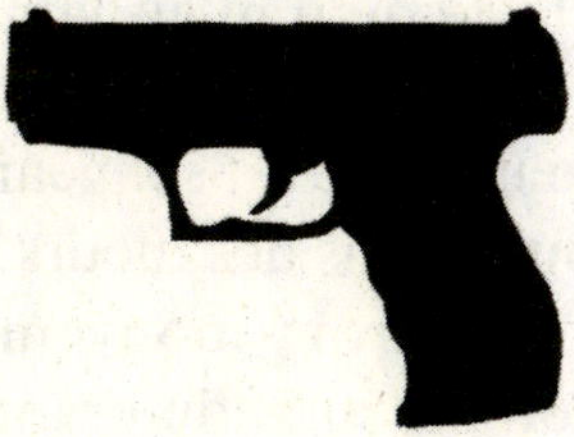

En sortant du laboratoire d'Augustin, illico, je retournai voir Bébert. En quelques mots, je lui expliquai ce que j'attendais de lui. Bébert retourna le boîtier dans ses mains crasseuses et couvertes de gerçures, puis se gratta le front.

– A la pointe de l'île Saint-Louis, tu crois vraiment, Claudius ? C'est là qu'on avait planqué les lingots…

Ah, sacrédieu ! Ce brave Bébert faisait allusion à une sale histoire à laquelle on avait été mêlés tous les deux, un peu plus de cinq ans auparavant, et que je vous raconterai peut-être un jour.

– Mais oui, justement, comme ça, ils pourront venir en bateau ! lui dis-je.

Bref, nous voilà partis tous les deux, en direction de la pointe de l'île, lui poussant son Caddie, et moi, rien du tout ! Ça me faisait tout drôle de ne plus avoir mon landau ! J'apercevais la silhouette majestueuse de Notre-Dame, tout auréolée de nuages roses et, croyez-moi, c'est le plus beau spectacle qu'il m'ait jamais été donné de voir dans ma chienne de vie de clodo ! J'avais cependant le cœur serré en songeant à la pauvre mère Muzard aux mains des tueurs !

En deux temps trois mouvements, Bébert acheva le boulot. A l'aide du grand couteau qui ne le quittait jamais, il racla les rainures de ciment couvertes de mousse qui entouraient un gros moellon situé à hauteur d'homme, dans le mur du quai, juste à la pointe de l'île. Pendant qu'il s'activait, je jetai quelques coups d'œil à droite et à gauche, histoire de vérifier que personne n'était en train de nous observer ! Quand le moellon fut extirpé de sa niche, je plongeai la main au fond du trou et j'y enfouis le boîtier noir qui contenait la fiole. Après quoi, Bébert remit la pierre en place. Plus de danger, lui et moi, on était les seuls à connaître la combine !

Durant tout l'après-midi, je sentis des fourmis me démanger les jambes. J'avais besoin d'action ! J'étais passé rendre sa mobylette à M. Soussou, histoire de tuer le temps. Il me fallut pourtant patienter jusqu'à la tombée de la nuit avant de retrouver Augustin sous le pont Mirabeau, comme convenu. Il était tendu, anxieux, et moi aussi, pardi ! Peu avant vingt-deux heures, nous avons aperçu le faisceau d'un projecteur planté sur le pont d'une vedette qui s'avançait vers nous.

– C'est eux, soufflai-je à Augustin, c'est bien leur rafiot !

Il effectua quelques virages, puis revint lentement vers nous. Le rouquin à qui j'avais écrabouillé les incisives se tenait sur le pont, un revolver à la main, tandis que son acolyte maniait la barre du bateau.

– Falut, gros balourd, me dit-il, alors t'es un peu calmé ?

C'est seulement à cet instant qu'il s'aperçut que je n'étais pas seul. Augustin, qui se tenait un peu à l'écart, avait fait un pas en avant.

– F'était pas prévu, fa ! grogna le rouquin, mécontent.

– C'était pas prévu, mais c'est comme ça ! répliquai-je.

– Comme tu voudras, gros balourd, tu as le boîtier ?

– Je l'ai, mais pas sur moi ! Il est à l'abri ! Je peux vous y emmener ! Votre foutue fiole, vous la récupérerez quand Sanders et la mère Muzard seront libres !

Les deux tueurs se concertèrent à voix basse.

– Ah ouais, reprit le rouquin, on est d'accord,

mais pas d'entourloupe, hein ! Allez, montez à bord !

Augustin et moi, nous franchîmes la petite passerelle qu'il avait déployée.

– Direction l'île Saint-Louis, et pas d'entourloupe, vous non plus ! dis-je en souriant à l'édenté.

– Où... où sont les prisonniers ? demanda Augustin.

Il n'en menait pas large et ne me lâchait pas d'une semelle. La vedette redémarra en tanguant.

– Les prisonniers sont dans la cale ! annonça alors celui des deux tueurs qui tenait la barre. Montre-leur !

L'homme au revolver nous désigna une écoutille, dans laquelle nous nous glissâmes. C'était bien vrai. Solidement ligotés et bâillonnés, le professeur Sanders et la mère Muzard étaient allongés au fond de la cale. J'adressai un clin d'œil à ma copine. Elle roula des yeux en poussant des mmph mmph très éloquents et se tortilla de plus belle. Augustin se pencha vers le professeur et examina rapidement sa blessure.

– Pas trop grave, marmonna-t-il en se redressant.

– Allez, remontez fur le pont ! grogna l'édenté. Et plus vite que fa !

Nous obéîmes. La vedette s'approchait de Notre-Dame. Augustin ne cessait de se retourner vers l'arrière du bateau. A quelques dizaines de mètres, il me sembla voir l'eau bouillonner dans la pénombre, mais l'île Saint-Louis était déjà à notre portée, et l'édenté pointa le canon de son revolver sur mon ventre.

– Qu'est-fe que t'as prévu ? demanda-t-il.

– Très simple, j'ai un copain sur la rive, juste à la pointe de l'île ! Vous faites monter les prisonniers sur la passerelle, et moi, je me tiens au milieu ! Mon copain me passe le boîtier et, dès que la mère Muzard et le professeur seront sur le quai, je vous refile la fiole, ça colle ?

L'édenté plissa le front dans un effort de réflexion qui ne devait pas lui être habituel... Il cherchait où était le piège, mais, parole de Lapoigne, il n'y en avait pas !

– Qu'est-fe qui pue comme fa ? demanda-t-il soudain paniqué.

Eh oui, Totor, qui n'avait pas quitté mon manteau, venait d'émettre un petit pet de derrière les fagots, histoire de détendre l'atmosphère. L'édenté vit le bout de son museau pointer hors de ma poche.

– Mais, ma parole, f'est un putois, fette beftiole ! s'écria-t-il, interloqué.

– Ouais, lui dis-je, normal, non ?

– Gros balourd, t'es vraiment un type pas ordinaire ! murmura-t-il.

– On fait comme on avait dit, ou on tape une petite belote, avant ? répliquai-je en lui montrant la silhouette massive de Bébert, qui se dressait à la pointe de l'île.

A mon signal, celui-ci brandit le boîtier dans la lueur du projecteur, pour bien montrer qu'on ne bluffait pas. L'édenté grimaça un méchant rictus et fit signe à son associé, qui disparut à l'intérieur de la vedette. Deux minutes plus tard, les mains toujours liées mais les jambes libres, la mère Muzard et le professeur Sanders montaient sur le pont. Augustin se précipita pour soutenir son collègue, qui titubait à cause de sa blessure. Je m'avançai pour faire de même auprès de la mère Muzard, mais elle me fusilla du regard.

– Bas les pattes, Claudius, lança-t-elle en rajustant son dentier d'un coup de menton, sur le champ de bataille, les Muzard-Salsempouille affrontent seuls l'adversité !

Ah ! que j'étais heureux d'entendre de nouveau sa vieille voix éraillée par le blanc sec et le tabac Caporal-export ! Le professeur s'engagea le premier sur la passerelle. Mon vieux Lapoigne, me dis-je, voilà une affaire rondement menée, du cousu main sur mesure, signé Lapoignus !

Sur le quai, dissimulée dans l'ombre titanesque de Bébert, j'aperçus Mlle Sophie, toute tremblante.

– Augustin, tout va bien ? chuchota-t-elle.

– Mais oui, ma caille, te fais donc pas de mouron ! rétorquai-je avant même qu'Augustin n'ait le temps d'ouvrir la bouche.

– Ah, m'sieur Claudius, m'sieur Claudius, quelle audace ! lança-t-elle, troublée.

Le professeur, toujours titubant, avait déjà posé un pied sur le quai, et Augustin le poussa pour qu'il disparaisse dans l'ombre. Bébert me passa la fiole. Restait encore à tirer la mère Muzard jusqu'à la terre ferme. Tenant la fiole d'une main, soutenant la mère Muzard de l'autre, j'étais planté sur la passerelle, et l'édenté ne me quittait pas des yeux.

– Envoie le colis ! grinça-t-il.

Je m'apprêtai à le lui tendre, lorsque le hululement d'une sirène retentit brusquement dans la nuit.

– Police ! cracha la voix métallique d'un mégaphone, ne bougez plus ! Mains en l'air !

D'un bref coup d'œil circulaire, je me rendis compte du désastre : nous étions cernés par des canots de la brigade fluviale.

– Vite, Claudius, vite, saute ! Ne leur donne pas la fiole ! cria Augustin.

Il en avait de bonnes, tiens ! L'édenté avait agrippé la mère Muzard et lui braquait le canon de son revolver en plein entre les deux yeux !

– Si tu veux la revoir vivante, envoie la fiole, vite ! ordonna-t-il.

J'étais dans une jolie mélasse ! Ah, ce crétin d'Augustin, il n'avait pas eu confiance en moi ! C'est lui qui avait prévenu la police avant de venir au rendez-vous, sous le pont Mirabeau. Ces remous que j'avais aperçus tout à l'heure, dans l'eau noire, c'étaient ceux des hélices des bateaux de la brigade fluviale !

D'un bond, Bébert arriva à mes côtés, prêt à en découdre avec les tueurs, à mains nues s'il le fallait ! Mais il était trop tard : d'une chiquenaude, l'édenté avait envoyé la mère Muzard valdinguer près de l'écoutille qui menait à la cale. Il visa le projecteur que les policiers braquaient sur nous et fit feu. Il y eut un grand fracas de verre brisé, et le moteur de la vedette vrombit dans l'obscurité. Je sentis la passerelle chanceler sous mes pieds et basculai à mon tour sur le pont de la vedette, où Bébert ne tarda pas à me rejoindre, les quatre fers en l'air ! Le coup de feu avait semé une sacrée panique chez les argousins, vous pouvez me croire. Alors que la vedette s'éloignait à toute allure, j'entendis leurs cris désordonnés, auxquels se mêlèrent les pleurs de cette chère Sophie.

Pas la peine de vous faire un dessin, Bébert, la mère Muzard et moi, on était coincés ! L'édenté nous coucha en joue tandis que son compagnon mettait toute la gomme. De grandes gerbes d'eau noire jaillirent de chaque côté de l'étrave et nous trempèrent des pieds à la tête.

– Ah ! je veux bien qu'ils me tirent dessus ! grogna Bébert, mais certainement pas qu'ils me fassent prendre un bain, ces malappris !

C'était bien le moment de nous servir une causerie sur les mérites de l'hygiène ! Sacré Bébert, toujours le cœur à rire. Moi, je ne l'avais plus. Allongé près de l'écoutille, je m'étais approché en rampant, jusqu'à toucher la mère Muzard, qui ne bougeait plus. Je saisis son crâne entre mes mains et le secouai. Sa pauvre petite tête dodelinait de droite à gauche, inerte. Sous mes doigts, je sentis une grosse bosse qui saillait en plein milieu du front et qui continuait d'enfler. S'ils me l'avaient tuée, j'allais les découper en rondelles, ces deux-là, et les faire rôtir jusqu'à ce que mort s'ensuive ! Enfin, c'était facile à dire…

– La fiole, vite ! ordonna notre gardien.

Je la lui donnai, la rage au ventre. La vedette filait toujours, de plus en plus vite, et je reconnus bientôt les quais de Charenton. Quand nous les eûmes dépassés, le pilote ralentit un peu l'allure. Nous quittâmes la Seine pour nous engager sur la Marne, et, alors que nous traversions Saint-Maurice, je reconnus les parages du Moulin Brûlé derrière lequel s'ouvre un petit bras d'eau mort, dissimulé dans une végétation touffue. Je connaissais l'endroit pour y être venu, jadis, conter fleurette à un amour de jeunesse… Malgré toutes ces années passées, tout était resté en place, et c'est à peine si l'on entendait gronder tout près de là les voitures qui filaient sur l'autoroute.

– Allez, debout, gros balourd ! ordonna l'édenté après que la vedette se fut rangée près d'un ponton.

Il faisait nuit noire. Bébert et moi, nous nous levâmes ; la mère Muzard gisait toujours près de l'écoutille.

– Qu'est-fe que vous attendez ? Soulevez-la !

Bébert la saisit sous les aisselles, et moi par les pieds. Encombrés de notre colis, il nous fallut traverser le ponton et pénétrer dans une allée hérissée de ronces et d'orties, au bout de laquelle se dressait un petit cabanon à la façade couverte de lierre et de vigne vierge. Pendant que nous progressions à travers cette végétation touffue, le corps de la mère Muzard fut agité d'un spasme. Je m'arrêtai, pétrifié d'angoisse.

– A l'assaut, Claudius, amenez le pont-levis ! bredouilla-t-elle d'une voix sifflante. Faites donner les bombardes ! Écrasez-les sous les boulets ! Préparez l'huile bouillante !

Sacrée Clothilde, elle était revenue à elle, et voilà qu'elle se prenait pour un de ses innombrables ancêtres moyenâgeux assaillis dans un château fort ! J'en fus tout ragaillardi ! Nous encourageant à avancer à grands coups de pied dans l'arrière-train, les deux tueurs nous firent pénétrer dans le cabanon. Ils allumèrent une ampoule couverte de chiures de mouche, et nous découvrîmes alors leur repaire. Il y avait des tas de cartouchières, des armes en pagaille et un matériel impressionnant, avec des duvets, des boîtes de rations de survie, des postiches pour se déguiser, bref, de quoi échapper aux recherches pendant un bon bout de temps ! L'édenté nous poussa vers un réduit très sombre, au fond du cabanon. Il saisit une longue barre de fer, et je crus bien que notre dernier moment était venu. Mais il nous fit asseoir sur le sol humide, Bébert et moi, la mère Muzard coincée entre nous deux, encore groggy. Le second tueur nous attacha solidement les mains derrière le dos, serrant les nœuds de la corde autour de la barre de fer qui nous sciait les reins.

– Comme ça, ils sont pas près de se faire la valise ! assura-t-il.

– Attends, grogna l'édenté, la beftiole, où qu'elle est ?

Aïe, aïe, aïe, mon dernier espoir de fuite venait de s'évanouir. Totor se terrait dans la doublure de mon pardessus ; j'espérais bien que, sitôt que la vigilance de nos gardiens se serait relâchée, il viendrait ronger nos liens à l'aide de ses petites quenottes ! Le tueur lui mit la main dessus et le boucla dans une vieille nasse à écrevisses qui gisait dans un coin de la pièce. Totor eut beau couiner et lâcher quelques pets aussi sonores qu'odorants, il fut prestement enfermé. L'édenté claqua la porte et nous nous retrouvâmes prisonniers de l'obscurité la plus épaisse. Quand nos yeux s'y furent accoutumés, je parvins malgré tout à distinguer les contours des objets qui encombraient le réduit, grâce à un mince filet de lumière qui provenait de sous la porte de la pièce voisine : une chaise dont deux des pieds étaient cassés, une huche à pain ou quelque chose de ce genre, et une roue de charrette à laquelle il manquait quelques rayons… bref, rien qui permettait d'espérer nous en tirer !

– Si tu vois ce que je veux dire, mon vieux Claudius, m'est avis qu'on est bon comme la romaine…, soupira Bébert.

– Attaquez par le flanc nord ! La cavalerie, faites charger la cavalerie ! bredouilla la mère Muzard, toujours aussi ensuquée.

L'énorme bosse qui ornait son front avait encore grossi. A voir l'ombre de son visage, de profil, j'eus l'impression de me retrouver assis à côté d'une licorne, sans vous mentir, foi de Lapoigne !

– Sus à l'ennemi, chargez les catapultes ! reprit la mère Muzard. Archers, à vos postes !

Ce coup-ci, dans son délire, elle était carrément remontée à la conquête de la Gaule, et si on ne l'arrêtait pas, on allait avoir droit aux exploits de son ancêtre Muzardgétorix, le célèbre ennemi de Jules César !

– Clothilde, la ferme ! grognai-je entre mes dents.

Contre toute attente, elle se tut. Dans la pièce voisine, nos deux tueurs avaient en effet entamé une conversation des plus intéressantes, après avoir cassé la croûte, et je ne tenais pas à perdre une seule de leurs paroles…

– Demain, on téléphone à la polife et on réclame le magot ! s'écria l'édenté.

Stupéfait, je crus tout d'abord qu'ils avaient l'intention de réclamer une rançon contre la vie de nos misérables personnes ! Dingos, les lascars ! Une pauvre concierge qui n'a plus toute sa tête et deux misérables clodos ! Qui serait disposé à risquer le moindre bouton de chemise en échange de la libération de votre serviteur, de Bébert et de la duchesse de Salsempouille ? Mais je réalisai bien vite ma méprise en entendant la suite…

– Un milliard, c'est pas cher ! Pour commencer, si y veulent pas nous filer du fric, on versera un tiers du contenu de la fiole dans le port de Cassis !

Avec les dégâts que ça causera, on les fera cracher encore plus !

– Et fi fa marfe pas ? rétorqua la voix de l'édenté.

– Un nouveau tiers de la fiole en Bretagne, et alors là, crois-moi, ça leur foutra tellement la trouille que c'est deux milliards qu'y nous donneront !

Ainsi donc, Augustin avait vu juste ! C'était bien un chantage à la catastrophe écologique que ces deux abrutis mijotaient !

– Et les prisonniers ? reprit l'édenté. Qu'est-fe qu'on va en faire ?

– On les laissera crever ici ! Ils peuvent brailler tant qu'ils veulent, personne les entendra !

Je sentis mes cheveux se dresser sur ma tête. Comme s'il avait compris ce qui venait de se dire, Totor se mit à grogner, enfermé dans sa cage.

– Filenfe, les pouilleux ! hurla l'édenté.

Totor émit un couinement pitoyable puis se tut. Il n'avait même plus le cœur à péter, c'est vous dire si l'heure était grave ! Je ne l'avais pas imaginée comme ça, la fin de Claude Lapoigne. Moi qui comptais bien rédiger mes mémoires, un jour, eh bien c'était râpé !

– Ouais, reprit l'édenté, t'as raison ! Y a qu'à les laiffer pourrir ifi ! Fa lui apprendra à fe gros balourd, à me taper deffus !

– Claudius, murmura Bébert, t'as entendu ? J'approuve pas le programme !

– Et moi donc, rétorquai-je.

– Le mammouth, encerclez le mammouth ! Sortez des huttes ! bredouilla la mère Muzard, d'une voix pâteuse. Attirez-le vers le piège !

J'avais vu juste : sa pauvre cervelle remontait les siècles à vitesse grand V, et voilà que dans sa tête, elle revivait les parties de chasse menées par les hordes de *Muzard sapiens*, vêtues de peaux d'aurochs et armées de sagaies !

Les deux tueurs rigolaient comme des bossus dans la pièce voisine, et nous les entendîmes déboucher une bouteille de champagne. Le plop du bouchon qu'ils firent sauter résonna dans le silence. Ils trinquèrent et rigolèrent de plus belle ! Un long moment passa. Je n'aurais pu dire combien de temps s'était écoulé. Les liens qui me serraient les poings commençaient à me faire souffrir. Je sentais mes doigts garrottés enfler, et mes fesses, reposant sur le sol dur, me picotaient. En tendant l'oreille, j'entendis une respiration régulière, ponctuée de ronflements, très proches. Bébert ? C'est qu'il était bien capable de s'être endormi, ce sagouin !

– Claudius, c'est toi qui roupilles ? Tu manques pas d'air ! chuchota sa voix, dans le noir.

Je le rassurai aussitôt. C'étaient bel et bien nos

gardiens qui s'étaient assoupis dans la pièce voisine.

– Mère Muzard… vous dormez ? murmurai-je, en lui envoyant un petit coup de coude dans les côtes.

– Le diplodocus… bredouilla-t-elle. Il faut l'attaquer ! Allez, Claudius, tout le monde hors de la grotte ! Prenez votre massue !

Aïe, aïe, aïe, elle avait fait un bond de dix mille ans en arrière ! Encore un peu, et elle allait arriver au Big Bang !

– Claudius, reprit Bébert, t'allais pas au cinéma, quand t'étais jeune ?

– Ben si… répondis-je, troublé à l'idée que lui aussi commençait à avoir du mou dans la cafetière !

C'était bien assez du délire préhistorique de la mère Muzard, si mon copain Bébert se mettait lui aussi à pédaler dans le yaourt, je le voyais plutôt morose, notre avenir à tous les trois !

– Claudius, dans les films, comment ils s'en tirent, les héros, quand ils sont ligotés ? reprit-il d'une voix à peine perceptible.

Ce n'était pas la peine de m'en dire davantage, j'avais déjà pigé ! Tous les deux, Bébert et moi, avec la mère Muzard coincée au milieu, nous nous sommes mis à nous tortiller dans tous les sens, raclant furieusement le sol de nos doigts meurtris.

C'était une sacrée gymnastique, croyez-moi ! Avec les mains attachées dans le dos, les poignets endoloris, et cette maudite barre de fer qui nous sciait les reins, j'aurais bien voulu vous y voir ! Je palpais désespérément la terre humide, en frétillant de l'arrière-train pour me déplacer ! Après un quart d'heure de cette agitation, je me retrouvai hors d'haleine et, il fallait bien en convenir, c'était le fiasco : il n'y avait pas le moindre éclat de verre, même émoussé, la plus petite parcelle de misérable bout de ferraille, même rouillée, le plus infime caillou un tant soit peu tranchant ! Il n'y avait R-I-E-N, rien de rien, foi de Lapoigne, qui nous aurait permis de cisailler la corde qui nous ligotait ! On était cuits ! J'en avais les larmes aux yeux !

– Clau-au-dius ! Clau-au-dius ! chevrota alors la voix de la mère Muzard.

– Quoi ? soufflai-je, excédé à l'idée des batailles qu'elle allait encore me narrer.

Qu'est-ce qu'elle avait inventé, à présent ? Maintenant qu'elle avait épuisé toutes les ressources du passé, elle comptait peut-être explorer l'avenir ? Nous brosser la conquête de la huitième galaxie par l'empereur des Muzardroïdes et son armada de vaisseaux spatiaux ?

– Clau-au-dius, reprit-elle, de la même voix hésitante, j'ai trouvé la solution !

– C'est ça ! Clothilde, c'est ça, allez, faites votre gros dodo, et pendant ce temps-là, Bébert et moi, on va s'occuper du reste…

– Il ne faudra le dire à personne, Claudius, mais je porte un dentier, insista-t-elle, avec un sanglot honteux.

J'en eus le souffle coupé. Depuis le temps que je la connais, la mère Muzard est extrêmement susceptible à ce propos. Jamais au grand jamais elle n'a voulu m'avouer ce secret, alors qu'il crève les yeux, vous le savez aussi bien que moi, foi de Lapoigne ! Et tout ça par pure coquetterie ! Les femmes, je vous jure !

– Mais oui, bon sang, ouvrez le bec ! m'écriai-je. Qu'est-ce que vous attendez, bon sang de bon sang ? !

Aussitôt dit, aussitôt fait ! Je perçus un bruit mou : le choc des ratiches de la mère Muzard sur le sol humide où nous nous débattions depuis maintenant plus de deux heures au moins !

– Il est tombé de ton côté, Claudius ! me souffla Bébert.

Je frétillai dans tous les sens comme un dératé, en vain. Puis, alors que je reprenais ma respiration, je sentis le contact de l'objet contre ma jambe. Pliant le genou, je le ramenai contre moi et, après mille contorsions, je parvins à le faire glisser sous mes fesses et à l'empoigner. J'avais déjà vu la mère Muzard croquer des noix et même un jour mordre un mauvais plaisant qui n'avait pas jugé bon de frapper à la porte de sa loge avant d'y pénétrer, et je savais que c'était du solide, ce dentier ! Le pouce coincé sous la mâchoire inférieure, l'index et les autres doigts arrimés à celle du haut, j'eus tôt fait d'entamer la corde qui nous meurtrissait les chairs. Clac par-ci, clac par-là, en quelques coups je m'étais libéré de mes liens ! Je délivrai aussitôt Bébert puis la duchesse. Nous étions toujours plongés dans le noir le plus épais, aussi ne croisai-je pas le regard de la mère Muzard au moment où ma main se dirigea vers sa bouche pour y reloger l'appareil… Je faillis bien l'éborgner lors d'une première tentative, mais à la seconde je ne manquai pas la cible ! Ouf !

– La réputation d'une dame est en jeu, Claudius, souffla-t-elle, je compte sur vous pour ne pas trahir le secret !

– Et comment, mère Muzard ! Bébert et moi, on est des gentlemen, lui assurai-je.

Toujours à tâtons, j'ouvris la cage de Totor qui se précipita dans mes bras et me couvrit les joues de petits coups de langue. A présent que j'avais les mains libres, j'allumai mon briquet. Bébert avait déjà saisi la lourde barre de fer à laquelle nos geôliers nous avaient attachés. C'est vous dire si ça allait chauffer pour leur matricule !

9
La délivrance

Ils n'en menaient pas large, ces deux voyous, quand nous les avons fait remonter sur le pont de la vedette ! Bébert les avait saucissonnés l'un à l'autre avec une bobine de fil de fer qu'il avait trouvée dans le cabanon et les fit asseoir à fond de cale. Nous leur étions tombés dessus alors qu'ils ronflaient comme des loirs, et, à voir nos trognes déformées par la colère, ils crurent que les démons de l'enfer leur rendaient une petite visite de passage ! Totor ne les quittait pas des yeux et leur tournait autour, l'œil mauvais, n'hésitant pas à les asperger de pets préventifs, pour le cas où ils auraient songé à se rebeller ! Les pauvres gars suffoquaient, toussaient, suppliaient, mais mon Totor se montra impitoyable.

La fiole contenant le bouillon de culture de

Caulerpa taxifolia virulens était bien à l'abri dans la cabine et j'avais pris la barre.

– Haut les voiles ! hurlait la mère Muzard. Hissez le foc ! Bordez le grand hunier ! Tous au mât de misaine ! Allez, Bébert, ne restez pas planté là ! Souquez ferme, matelot, ho hisse et ho !

– Mais, madame la duchesse, protesta mon copain, puis-je vous faire remarquer que nous nous trouvons à bord d'une embarcation moderne, équipée d'un moteur à explosion ?

Je rigolai en douce et mis le cap en direction de la Seine. La mère Muzard se jucha à la proue de la vedette, aussi raide qu'une statue accrochée au bastingage, et, à la voir ainsi, avec son front orné d'une redoutable bosse, il n'y avait pas de doute : on aurait bien juré apercevoir une de ces vaillantes sirènes que les pirates d'autrefois faisaient sculpter dans l'ébène afin de les placer sur l'étrave de leurs goélettes, et qui effrayaient l'ennemi avant même que l'ordre d'abordage ne fût lancé !

Il nous fallut moins d'une demi-heure pour gagner le quai des Orfèvres, où se trouve l'état-major de la police parisienne. J'avais utilisé la radio de bord pour prévenir de notre arrivée et un sacré comité d'accueil nous attendait. Il y avait des photographes à la pelle, et même la télé, ainsi qu'un troupeau de badauds parmi lesquels j'aperçus Augustin et la plantureuse Sophie, tous deux entourant le professeur Sanders. Un commissaire monta à bord et je l'accompagnai jusqu'à la cale après lui avoir confié la fiole qui contenait le terrible fléau.

– Ah, ah ! comme on se retrouve ! s'écria-t-il en découvrant nos prisonniers. Les frères Lateigne, à peine sortis de prison l'année dernière…

En quelques mots, je lui expliquai le plan qu'ils auraient mis en œuvre, si d'aventure ils n'avaient croisé sur leur chemin votre serviteur Claude Lapoigne, Claudius Lapoignus pour les intimes !

– Enlever le professeur Sanders, et l'obliger à mettre au point la formule d'une mutation de l'algue *taxifolia* ! murmura le commissaire, ébahi. Eh bien, vous ne manquez pas d'air, petits salopards !

Les deux frangins grimacèrent d'un sourire piteux. Ils furent emmenés à l'intérieur du quai des Orfèvres. La mère Muzard souriait aux photographes, ravie de son succès. A peine avais-je posé le pied sur la terre ferme que ce brave Augustin s'avança à ma rencontre, tout penaud.

– Pardonne-moi, Claudius, me dit-il, j'ai paniqué et j'ai bien failli tout faire rater !

– Allez, on n'y pense plus, le principal, c'est qu'on ait réussi à s'en tirer ! lui dis-je en lui serrant la main.

Mlle Sophie attendait tout près de là et je sentis bien que son petit cœur battait d'admiration pour moi.

– Ah ! m'sieur Claudius ! bredouilla-t-elle, les yeux mouillés de larmes, c'est bien simple, tenez, je ne vivais plus !

Elle déposa un petit baiser sur ma joue râpeuse, et je me sentis tout chose.

– Dis donc, Lapoigne, bougonna Bébert, qui ne m'avait pas quitté d'une semelle, tu comptes t'attarder dans les parages, toi ?

Il scrutait les alentours, infestés de képis, comme je vous l'ai déjà dit. Bébert avait raison. La flicaille et la cloche, ça n'a jamais fait bon ménage ! Sans se faire remarquer, on s'est éclipsés en douce, tous les deux, les mains dans les poches, en sifflotant. Le professeur Sanders tenait le crachoir devant les journalistes, si bien que personne ne prêta attention à notre départ...

Je me retournai un instant et j'aperçus la mère Muzard qui minaudait devant une caméra de télévision. Elle l'avait bien méritée, sa petite heure de gloire, et, aussi sûr que je m'appelle Lapoigne, on en reparlerait longtemps, de son aventure, dans les parages de la rue Cuvier ! C'était bien plus excitant que son passage au Bingrolo, notre petite expédition contre les frères Lateigne !

Cette nuit-là, Bébert et moi, on a dormi comme deux bienheureux, à la belle étoile, sur les quais du pont Marie. Le ciel était bien dégagé et la Grande Ourse bousculait Bételgeuse et Cassopiée, tandis que la Lune veillait sur notre sommeil, de son gros œil rond.

Le lendemain soir il y eut une sacrée fête chez Mustapha, place de la République ! La mère Muzard en personne s'était installée derrière les fourneaux et avait mijoté un cassoulet de harengs saurs-melba pour une trentaine de personnes ! La baraque à frites de Mustapha était décorée de lampions et des bougies garnissaient les tables. Mais le fin du fin, c'étaient les posters découpés dans les journaux du matin et qui racontaient la capture des frères Lateigne. Il n'y en avait que pour la mère Muzard, que l'on voyait sur toutes les photos, au bras du professeur Sanders. Elle bichait, la duchesse !

Un à un, les convives sont arrivés, parmi lesquels M. Soussou, sa moitié et leur famille au grand complet. C'est alors que Mustapha m'annonça la grande nouvelle : il allait se marier avec son Aïcha, qui avait été totalement conquise grâce au billet d'amour que j'avais rédigé ! Je fis connaissance avec sa future épouse, toute timide et effacée malgré sa forte carrure. Hé hé ! il n'avait qu'à bien se tenir, l'ami Mustapha ! Sa dulcinée n'était pas du modèle demi-portion, je vous prie de me croire ! C'est bien simple, dès que je l'ai aperçue, j'ai cru qu'il y en avait deux ! Quand elle est montée sur la table pour nous faire la danse du ventre, le sol s'est mis à trembler ! La mère Muzard poussait des youyous endiablés et tout le monde battait des mains.

Bref, la nouba a duré jusqu'à plus d'heure. Tous les trois, la duchesse, Bébert et moi, on a éclusé quelques bouteilles de château-muzard, un petit rouge que mon amie fait elle-même macérer dans sa loge, avec du raisin qu'elle achète au marché ! Ce nectar vous tourne la tête en moins de temps qu'il ne faut pour le dire, mais il n'en reste malheureusement que quelques magnums, enfouis sous un tas de charbon dans la cave de ma copine. Elle ne le sort que dans les grandes occasions, et c'en était une !

Tandis que Bébert et votre serviteur allumaient un cigare, cette chère Clothilde sortit de la poche de son tablier un journal de télévision.

– Vous savez quoi ? dit-elle. Je vais envoyer ma candidature pour jouer au Super-Gratto, il paraît qu'on gagne des lots encore plus beaux qu'au Bingrolo !

– Ah ouais ? ricana Bébert, et qu'est-ce que vous allez nous rapporter ce coup-ci ? Un cuirassé ? Un sous-marin ou une fusée interplané-

taire ? Vous croyez pas que ça suffit comme ça, madame la duchesse ?

– Hum, oui, après tout, vous avez peut-être raison ! concéda-t-elle en rangeant son magazine.

J'étais à moitié rassuré : je savais bien qu'il fallait la tenir à l'œil. A cet instant, Mustapha s'approcha de notre table, l'air grave, et nous annonça une visite. Nous sursautâmes, Bébert et moi. La mère Muzard rajusta sa perruque. Le professeur Sanders, accompagné d'Augustin et de cette chère Sophie, apparut alors.

– Loin de moi l'idée de vous déranger, mes chers amis ! s'écria Sanders, qui tenait une canne à la main mais semblait parfaitement remis. Je... je voulais simplement vous remercier, puisque hier soir je n'en ai pas eu l'occasion !

Il nous a serré la paluche, ému.

– Hum, reprit-il, je ne savais comment vous récompenser, monsieur Lapoigne ! Et Mlle Sophie m'a expliqué que votre... heu... votre landau, n'est-ce pas, a subi des dommages irréparables !

– Exact ! bougonnai-je.

Je ne voyais pas où il voulait en venir. Sanders bafouillait et ne parvenait pas à trouver ses mots.

– Eh bien, voyez-vous, cher Claudius, puisque c'est ainsi qu'on vous appelle dès lors qu'on se trouve en position de mériter votre amitié... cher

Claudius, disais-je, il se trouve que ma fille vient d'élever un bébé, et ce petit garnement galope déjà ! Si bien qu'il n'a plus besoin de ce genre d'ustensile… j'ai donc pensé…

– Regardez, Claudius ! s'écria Sophie en poussant un magnifique landau jusqu'au beau milieu de la baraque de Mustapha.

Ah ! qu'il était beau ! Tout propre, bien briqué, comme neuf ! Il pouvait faire de l'usage.

– Je serais très honoré si vous acceptiez ce présent, Claudius ! dit Sanders.

– Oh oui ! oh oui, m'sieur Claudius ! surenchérit Sophie. Moi aussi, je serais très… honorée !

– Eh bien, accepte, vieux têtu ! Puisqu'on te le dit ! ajouta Augustin.

Bébert bourrait sa pipe, l'air absent.

– Soit ! Je le prends ! décidai-je en empoignant le guidon. Et je vais même l'essayer tout de suite ! Tu viens, Bébert ?

Après avoir salué Mustapha et Aïcha, sa gazelle du désert, comme il l'appelait, nous quittâmes la baraque à frites, Bébert avec son Caddie et moi avec ce landau que j'allais devoir adapter à la vie de la cloche. Il faudrait lui bourrer la carcasse à coups de galoche, histoire de la cabosser un peu, attendre que la toile soit percée pour y coudre quelques pièces, mais, foi de Lapoigne, c'était un beau cadeau.

Sophie, Augustin et le professeur Sanders nous saluèrent de la main alors que nous tournions au coin de la place de la République.

– Faut que tu le mettes en rodage, ton tacot ! assura Bébert. On va faire un petit tour ?

Il était déjà bien tard, mais la perspective d'une grande balade dans Paris n'était pas pour me déplaire. Nous avons tourné dans les rues, de Bastille à République, des Maréchaux jusqu'à Ménilmontant.

Le petit matin se levait et quelques besogneux mal réveillés se hâtaient déjà d'aller avaler un petit noir sur le zinc, au bistrot, avant de courir jusqu'au métro pour filer au turbin, les pauvres ! On les a rejoints, Bébert et moi, et, tandis que le loufiat astiquait ses tables au fond de la salle, j'en profitai pour piquer quelques morceaux de sucre sur le comptoir. J'avais hérité d'un landau neuf, mais mon Totor lui aussi méritait bien sa petite récompense, pas vrai ?

TABLE DES MATIÈRES

THIERRY JONQUET

L'AUTEUR

Né en 1954 à Paris, Thierry Jonquet a une enfance marquée par le cinéma et les livres. Il étudie la philosophie à l'université de Créteil et plus tard l'ergothérapie. Tour à tour marchand de lessive, peintre en travaux publics, ergothérapeute, Thierry Jonquet mène actuellement une activité de scénariste et de romancier. Il a écrit de nombreux romans pour adultes (publiés notamment dans la collection Folio) comme pour la jeunesse.

Mise en pages : Maryline Gatepaille
Loi nº 49-956 du 16 juillet 1949
sur les publications destinées à la jeunesse
ISBN 978-2-07-057180-2
Numéro d'édition : 157165
Premier dépôt légal: avril 2006
Dépôt légal: novembre 2007
Imprimé en Espagne
par Novoprint (Barcelone)